图书在版编目（CIP）数据

浅观 / 邹思程著. -- 北京：团结出版社, 2019.5
ISBN 978-7-5126-7067-9

Ⅰ.①浅… Ⅱ.①邹… Ⅲ.①散文集—中国—当代
Ⅳ.①I267

中国版本图书馆CIP数据核字(2019)第087015号

出　版：团结出版社
　　　　（北京市东城区皇城根南街84号　邮编：100006）
电　话：（010）65228880　65244790
网　址：http://www.tjpress.com
E-mail：zb65244790@vip.163.com
经　销：全国新华书店
印　装：廊坊市海涛印刷有限公司
开　本：140mm×210mm　　1/32
印　张：6.25
字　数：100千字
版　次：2019年5月　第1版
印　次：2019年5月　第1次印刷
书　号：978-7-5126-7067-9
定　价：48.00元

《浅观》序言

赵煜馨

一年前，儿子对我们说，他想写一部思想性的作品。我们没太往心里去，就像他高二说要写一部长篇小说一样。没想到刚放寒假，他就开始了写作。

这个寒假显得有点漫长，没有娱乐，没有外出，只在春节歇了五天，甚至在他重感冒发烧的几天也没休息。我们双休日在家的言行都很小心，怕弄出声响打扰到他。每天晚上都听他朗诵作品。整个作品每天听一小部分，还不觉得怎么样，虽然天天惊喜。把整个作品安静地读过品味之后，我无法抑制自己兴奋的心情，有好多话想说。

儿子考上大学以后，看着他日渐成熟的脸庞，忽而有一种说不出来的感觉。儿子长大了，他身上有什么东西，好像是偷偷地生长出来的，我们不知道，甚至有些言行找不到来由。六七十年代出生的我们，读着"文革"后伤痕文学和传统上的中外名著成长着，儿子这代人接触到的东西丰富得多。我开始阅读儿子读过的当代作品，还有他喜欢看的电影，听他喜欢的音乐。可是我看儿子，还是有一种雾里看花的感觉。哪个父母，不想知道自己儿女的内心世界呢？知道了似乎就少些忐忑。如果他通过写作，表达对人、对这个世界诸多问题的看法，就意味着他向你展示了他的精神世界，这是不是对他有了最深入的了解呢？这是一件令人开心的事情。

作品是他对自己成长的梳理，内容和体系非常自然。在二十出头的年纪，我还没有这样的反省能力。对于儿子的成长，看似自然放任的过程，但整个过程是伴随着思索、选择和拼争的。这里面的酸甜苦辣、血雨腥风，不堪回首，它们在我的心里，还是蛮沉重的。看到儿子这部作品的一刻，我发现他对这个历程有了很深入的思考和洞见，很欣慰。

儿子从小开始的成长就是与众不同的。他更多的时间在玩耍、读书，天马行空地胡思乱想和尝试体验。别人规规矩矩做试卷的时候，他可能在自习课上看书、写东西，甚至出神，这些有时还发生在课堂上。他在学校的境遇可想而知，不受礼遇甚至打压。他承受了许多同龄孩子没有遭遇的痛苦。恰恰是这些挫折和境遇，让他在思想上，有了同龄人没有的成长机会。而这一点在"教育"这一章显现得最突出。"教育参与者"这一节里，他说："一个合格的教育者，不仅仅需要掌握足够的智慧和知识，还需高洁的品格、坚定的毅力、非常的耐心。人类全部优秀的能力和品性，他都需要。完整的教育，简直是需要神明"。教育他的过程中遇到了太多的困惑，我选择向智者求助，一些哲学大家的思想真的帮助了我。卢梭、罗素、杜威、怀特海、洛克、斯宾塞、马卡.连柯，还有古希腊哲人关于教育的论述，我读过之后，儿子也全部读过。这些人的思想坚定了我们对独特的成长方式的信念，儿子也在这个过程里看到我的不容易和艰辛的求索，因此得出了教育者的素质的论点。儿子独特的成长经历中承受的苦难，在"家庭与公共教育"里是能看到它的影子的。"当家庭教育错误时，很快就会被整个社会的公共教育修正，但是，当公共教育错误时，作为教育单元的所有家庭教育，都会被挟裹着加入疯狂的洪流，即使少数家庭，在一定程度上坚持了自己的正确，也因此饱受创伤"。我从未在他的面前为他成长中的挣扎流泪，也不太对他讲，怕他因此承受更大的压力。读到他这段文字时，心情真的很复杂，我们经历的一切，他都懂得。在"考试与排名"这个话题里，他说："排名是绝对愚蠢的。尤其是在学校、班级内部进行的排名更加可笑，当前社会的很多学校和班级，居然会根据排名安排座位"。儿子在初三时，班级就是这样安排座位的。有一次他班级第二，于是跟班级第一的女同学一张桌，结果接下来的月考第十五，排在第三排的一个位置上。这件事，在我心里造成的影响，是风暴级的，儿子当时没说什么，今天看来这件事在他心里引起的反响不比我小。在"教育"这一章里，还有几处看出他成长的轨迹对他思想塑造过程的影响。在"最基本的是自然教育"这一节里，他说"人要想拥有人所需要的能力和品质，都可以通过自然教育来获得。其中出现的不足和歪曲，可以通过其他教育方式的辅助来弥补和纠正"。在儿子出生后，我看的第一本育儿书就是《爱弥儿》，因为我刚识字时，它就在家里破旧书架的醒目位置，父亲说它是教育论著，因此我毫不怀疑里面的教育思想。但是在教育儿子时，也没全照搬，和应试教育之间是有一些妥协的，这一点无疑儿子捕捉到了。
在"阅读与游戏"这个话题里，他写到"成熟期之
前的教育内容，应该集中阅读和游戏上。教育者需
要引导并放任，而这是需要教育者的智慧和坚守的。
在这个过程当中，你教育的对象或许看不出任何显著
的成绩，但他将成为一个思想丰沛并勇于践行的人"。
儿子在初三以前的时光里，阅读和玩耍是他生活的
主要内容，学习成绩因此受不少影响，虽有困惑和
游移，但坚持了下来，他能抽象出这段生活，不错哟！
儿子，你"成为一个思想丰沛并勇于践行的人"了吗？
从这个话题的另一句话里，我确认你已经是了，呵
呵！这句话是："他们在阅读时无限向往，在沉思
时浮想联翩，在游戏中身体力行"。在"生存与劳动"
的话题里，他写道："我们首先要让教育的对象成
为一个合格的动物，然后才是一个合格的人。对于
动物来说最基本的就是生存，在人类社会中生存主
要是通过劳动。如果让其他的内容凌驾于劳动之上，
为了其他的内容忽略了劳动，孩子将丧失生存所需
的基本意志。缺乏了生存的基本意志，人便很难获
得幸福"。儿子上大学后，和同龄人更近距离的接触，
也更清晰的认识了他们。他发现他们生活的自理、

自制能力很差，残酷的高考的确让他们的父母无暇顾及这些，这些现象让他有了"生存与劳动"的论述。某些品质成年以后再培养的确很难。再简单的成长也要在春天的时候播下种子才行啊！儿子在教育以及其他章节里的很多思考都是他生活中所看所感的映照。他关于服饰有这样的看法，"孩子在少年时代应该限制衣着装扮，男孩子甚至应该穿得破烂一些，这样不仅方便玩耍和清洗，还能把成年后对外表的追求限制在合理的程度内。要知道孩子在步入青春期以后出于爱情的萌动对于外表的要求会呈几何增长"，这也是他亲身经历后的思考。他从小长时间户外玩耍，总是灰头土脸的。到了大学之后，他突然变得很整洁，有时还用剩余的生活费淘件新衣服。他在"由货币和契约构成的体制"里，有这样的话："区区几张钞票，我们却为之神魂颠倒。有什么东西，悄无声息地剥夺了我们的尊严和自由"。他大学期间曾在餐馆打工，很是辛苦，期间对生活也有了更深的体认，还有身边的阿姨们疯狂购物背后的很多东西，他都有思考，也时而对我讲起。

他成长着，思想着，不仅形成了他对生命对世界最初的系统的观念，还有思想的能力和理想信仰的最初模样，并在一个高的境界里构建他的人生追求。

生命本身很复杂，身处在世界里，我们面对的境遇更复杂。能做到无思无虑、任意漂泊的人，能有几个终生无虞？这个世界又何来世外桃源让我们躲避？作为人，学会思想，进而判断，最后选择，是每个人的宿命。面对稚嫩的儿子，我不知道怎样让他学会思考。这似乎是一件很神秘很玄奥的事情。但它作为一个问题出现了，就是一切成为可能的开始。直到现在，儿子已经拥有了良好的思想的能力和习惯，但我也没办法，说出什么具体的让孩子热爱思考的方法。这里唯一可以和大家分享的就是读书。在他还不识字时，每天都给他朗读，有时几个小时，他从不厌倦，他可以自己阅读时，上手很快，小学四五年级时就可以读大部头的长篇了。在他很小的时候（小学阶段）我觉得他主动阅读思想性文字的可能性不大，就读给他一些带有哲学思想的散文，他听得认真。阅读的过程中，从不给他压力，从来不会拿书中的内容考验他，问他记住了什么。只是发现他的模仿能力很强，书中的内容尽量在玩耍中尝试，甚至开始写点什么。有一次他在一个小本子的封面上写了"名人名言"几个字，然后就一句一句的开始写一些似乎有点儿道理的话。我给他读惠特曼的诗，没想到，他在考试时写了一首长诗。老师给了很少的分数，语文也没及格，他回来对我说老师没限制文体的。那是他小学六年级的事，直到现在我们才在他的小柜子里发现，他小学已经写了第一篇小说了，几千字的样子。他的阅读能力提高得很快，到高中时，像《浮士德》《约翰·克利斯朵夫》这样的书，他已经能顺利阅读了。我们一起探讨时，我发现他理解得很好。在这个时候，他已经能够驾驭长篇小说了。《少年先锋：英雄》就是他高二时创作的第一部长篇小说。在他的文字和言行里，我们发现他日益显现的热爱思想的倾向。我问他大学想读的专业，一个个专业的名字，读给他听，他也没什么反应，到"哲学"这个词时，他说："就哲学吧"。对这个选择他从未动摇过。不仅仅读和写，还什么都想尝试。2016年的暑假，他和学习传媒的高中同学，把他的长篇小说《鬼鉴岚》改编成了剧本，拍成了电影，大概四五十分钟吧。他们为这件事吃尽了苦头，但是乐此不疲。他还和吉林大学的同学创办了新媒体社团——极点 VIO，做了不少短片。他自己一个人在刚高考结束的小弟的配合下，拍了散文诗微电影《追星的少年》，他把短篇小说《追星的少年》改编成了散文诗，表演、配音、配乐、剪辑、字幕，都是他一个人完成的。他的触角异常灵敏地探究着这个世界，不仅激发了他的想象力、创造力，也激发了他的思想和创作激情。他的下一部长篇小说已有大致的架构。实践的过程里，孩子的成长是最快的。不断尝试的过程中，挫败还是成功，有无明显可见的收益，跟当前学业和就业需要是否同步及相关的程度怎样，这些都不是最重要的。这些看似没有用处甚至荒唐的瞎折腾，还耽误我们眼里的正事，也许跟他这时候的自己恰巧是吻合的。他对自己对人对世界对事物积累着认识，人生方向逐渐明朗起来。教育者的宽容多么重要。因为写作的需要，他思考的事物日渐丰富和细腻起来。在"表达的冥想"这篇文章里，他思考的很多事情，都是我不曾思考过的，看完之后，惊叹于他的思想的进步。他有了很多洞见，"越是深入复杂的思想，越需要用简单的直接的方式来表达，过去我曾经选择过演讲、诗歌、绘画、影视去表达我的生活，最终选择了通过简洁清晰的文章来表达"，"有些狭小于个人的事物比庞大至时代的事物更具有深远的主题"，"当作家完成了对自己创作本身的思考，他真正的创作才开始"，在这篇文章里，还有很多类似的关于创作观点的表述。啥时候，儿子成我的老师了，不知不觉中，我的小儿子在思想上已不再弱小，我为自己培养了一位老师，呵呵。

阅读的过程里学会了表达，习得了思想的习惯。作品是思想的产物，思想诞生过程本身的难以言喻或许会伴随思想本身传递给你，只是我们看不到。人类对自身的认识很肤浅，它比科技玄妙得多。阅读还有一点非常重要的作用：思想本身作为认识世界的阶梯，引领我们形成和扩展自己的认识。从"善即中间"，我看到了亚里士多德《伦理学》对他的引领，他继而有了"人想要获得幸福唯一的道路就是真诚"的认识。在"教育的目的"这小节里的观点，能看到爱因斯坦和怀特海对他的影响。爱因斯坦的表述是：培养独立思考和行为的个人；怀特海的表述是：激发和引导他们的自我发展之路。在这个问题上，他是这样表述的，"在塑造个人和公民的基础上，让每个人都找到自己的幸福"，"教育不能直接告诉每个人他的幸福究竟是什么，但教育应该赋予人找寻它的能力"。他在前人思想的启发下，和现实的碰撞中，形成着自己的认识。"对环境的探索"一章，能看到卢梭和马克思对他在很多认识上的启发，还有了"社会的性质就是人的性质"这样的观点，甚至"反英雄式的设想"这样极富想象力的大胆构想。

他思想的触角越来越深广了，在"思维的魅力"这一章里，他对社会生活中并不显而易见的领域有了自己的思考，其中的一些观点，如"一个人处于越高的境界，也就能达到越高的思维水平"，"思维本身的抽象活动是否需要我们加以克制"，"思维被执行的程度，取决于思维中超越现实部分的地位和思维方式之间的协调能力"，诸如此类的观点，实在需要我思考和消化。我想这和他的阅读有关，比如普鲁斯特的《追忆似水年华》，他读了不止一遍，这是我们母子都极为推崇和热爱的一部书。还有其他许多学术性的作品他也尝试着学习。另外，还有他和同学之间的交流，这种同龄人之间的思想的碰撞，无疑拓展了他的思维广度。

寒假写作的日子里，唯一的娱乐大概就是他看了动漫《领风者》，讲述马克思的一生。片头曲唱响："这是一个执着的梦想，步履铿锵，来日方长；这是一个忠诚的信仰，昂首向前，期待远方。为了真理，为幸福奋斗，从不会迷茫，从不彷徨……"，他在我们面前也没能掩饰住他的异常激动的心情，热泪盈眶。

如果说让一个人学会思想，是一件玄妙的事情，那么，让一个人有信仰，是不是一件玄而又玄的事情呢？尤其在这个追求善良和信仰感觉被人耻笑的时代里。"这些就是我对表达，对我选择的义务，其实是肩负的使命——创作的苦思冥想"，"怀着对自身使命的敬意与坚定：思想唯有依赖死亡谢幕，因此极致的创作终伴我整个生命。"儿子的这些文字让我热泪盈眶，就像他看《领风者》的时候那样。

信仰于他也并非只是一腔热血，无的放矢。首先他自己作为一个人，立于天地之间，已有了他的思考和定位。这部作品开头两章"人与神"、"人与动物"，探究的是人到底以怎样的角色生存与发展。这里的"神"不涉及作者本人宗教信仰、价值观，甚至更不涉及唯心主义、唯物主义这样的界定，他只是用这个字对应"动物"，给人这个角色一个支点，一个活动的范围，与社会主义核心价值观没有对应和对立的关系。我想，这个"神"和老子的"道"还有"规律"这样的概念，是否相近呢？"人是介于动物和神之间的存在，人与人之间又存在差距"，"人首先要活成一个健全的动物，才能向神的方向进发"，这样看来，他用"神"这个词，来定义人可以追求的上限，他既然承认自己先是个动物，说明他把理想信念，建立在现实的基础上的，他首先会把生活本身当成很重要的事情。有一天他说："妈妈，借你一句话用用"。我写给他的信里面有一句"人生的无奈根植于精神寄寓于肉体这一现实"，还有一句"我是一个脚踏现实坚硬土壤不忘仰望理想天空的人"。他说，他为我的这两句话在同学面前显摆很是自豪，要借过来用在他的作品里。有点儿意思吧？

他说用"神"这个词，给人向上的追求一个人格化的界限。而在"神"与"动物"之间，他也不只是界定了一个标志，在这个范围里，准确地说这条路径上，他把奋斗作为期间的足迹。在"教育"这章里，对教育的内容的论述，足以看出他对人生存与发展应该做出的努力思虑颇多，是他曾经做过的，还有他未来应该做的，都有探讨。对人本身在生命过程遇到的精神上的问题，也颇有见地。"限制即恩惠"这个话题里的表述，让我这个年过半百的人都很有收益。"认识的障碍是神施加于人的限制，也恰恰因为如此，人类才获得了认识的过程，追求任何事物，其过程都是丰富的，结果都是空虚的。因为只有在过程里才有对目标的渴望"，"当人不再仅仅挣扎于，或者放弃于限制，转而意识到限制是一种恩惠时，便从认识的限制里逃脱出来"，"我们可以达到这样的状态，不骄不躁，不避不弃，不懈追寻"，这些还只是他对限制——人类的认识的限制，肉体的限制的认识与认可，在后面限制是恩惠（下）里，对这个问题的认识不仅理性，而且充满勇气和无畏。

"我们无须为了精神寄寓于肉体，而彷徨无奈，犹疑放纵。我们应该在肉体完全消亡之前，竭尽全力，以从容，妥协的姿态，追求幸福的生活，当我们缓步走进死亡，精神不再属于我们，而属于这个世界"，"限制是神赐予人最大的恩惠，认识的障碍和肉体的枷锁让我们拥有渴望和与选择。我们在渴望中追求，在选择中成就。我们理应庆幸生而为人，虽然没有神无限的智慧和寿命，但人类向上追求的希望和勇于取舍的抉择比神更加高贵。我们拥有了渴望与选择的权利，也就有了幸福的权利"，"无穷无尽的疑惑和迎面而来的死亡让无数人无奈而悲伤，我们现在将其战胜，乐观、勇敢、热忱、平和的走向幸福"。他构建了自己的信仰，思想、想象力和现实生活为他铺就了通往这个信仰的坚实道路。"我们不能让信仰没了寄寓之所。我们依旧需要一位具体的神明，把他的教诲带给大众，我们需要一位超出我们现有认识的神明，他需要跑到我们所探索和想象到的宇宙之外去，而他的教诲，必须根据当代的知识和思想来构想并具备绝对的超越性"，"哲学家、思想家应该具有这样的胸怀和博爱。我们必须将精神的成果有效的分享给每个人，让信仰的风拂过每一个彷徨的面孔。我们应该压制自己的探索和批判，克制自己的贪婪和虚荣，让抽象的真理回到具象的世界"。他认为应该探索更适合中国国情的，建立在中国传统文化和现代科技基础上的文化及信仰形式，教育人民群众，让精神文明建设构建在更加有效的层面上。

在追求信念的道路上，我相信能让他走得更远的是他的真诚，他成长过程的知行合一。我们践行自然教育，从未因为分数改变初衷。分享一个细节，我们坚持读写和学会思想是学习语文的目的，他几乎没有做过语文试卷，高考语文只得了99分。随着他一点点长大，行动能力日益强大，书里读过的情节和想法，他会试着实践。从带领附近社区的几十个男孩进行军事特战演练，到后来创办特色文化学校，撰写小说，拍电影，在大学创建新传媒社团，到今天学术思想作品的尝试，他阅读和思考从来不会只停留在象牙塔里，也不会把学业只当作谋生的工具而喜好和信仰却是另外一回事。他自信地说，没谁能饿死，追求自我的衍生品会解决生存问题的。这话听着都霸道，呵呵。如果说以前他的小说是文学作品和他的少年英雄梦的结晶，那么现在的写作俨然已经站在现实的土壤上了。对教育领域诸多问题的探讨，对人在神和动物之间这种维度上的定位，还有"限制是恩惠"这样的关于生命与死亡命题的思索，对生活本身的反思（"幸福的生活"一章），并从历史和人性的角度开始瞭望环境与社会（"对环境的探索"一章），对信仰进行叩问和展望（"信仰如风"一章）。在教育这一章里，他竟然大胆地说出了他心中理想教育体制的样子，提出了全新的教育样式："教育社区"的概念。从这些文字里，看到他信仰中的现实主义定位，不仅仅用思想和想象力，要在他的人生历程里践行。

信仰如风，紧扣时代脉搏，肩负个体生命与民族命运的责任，日渐理性日渐清晰日渐坚定。儿子的志向足够高远。写到这里，好开心，呵呵。

通往信仰的道路注定是艰苦辛劳的。达成理想的追求具体到生活中的点滴时，做母亲的还真是心疼自己的儿子。商务印书馆出了一套丛书，分为哲学、政法、历史、经济、语言五大系列，出版人用"人类已经达到过的精神世界"来定义这套书，儿子看到后，心里痒痒，最后恳求我买下这套书。我们商量后满足了他的要求。寒假里这套书到货，很是壮观。儿子说，不管能否考上硕士或博士研究生，我定将它们读完。还有南京大学出版的一套中国古典文化丛书，他也立志读完。有纵横古今、学贯中西的架势。"人类已达到过的精神世界"，他涉猎的还很少。但在深入走进这个世界之前，他开始了自己的大胆思考，不管这些想法在怎样的层面和水准上，有了这样的准备，他以后的学习才会有碰撞也因此更加有效。

儿子走上了思想的旅程，"我们通过选择，把奋斗填补进短暂的时光里，铺就人生的漫漫长路"。他已经拥有了人生最具价值的收获——走上了与自己邂逅的道路。生命中最重要的邂逅就是与自己的邂逅。有一首歌叫"Say something"，头一句是"Say something, I'm giving up on you"，我从来没把它当成一首情歌，每听到这句我都很激动。在追寻的道路上遇到困难，我们最终求助的只有自己。找到了，好像又丢失了，又寻找，永无止境。只有邂逅了自己，与自己谈一场旷世的恋爱，才找到了生命历程里那个真正的自我——很多人没能寻到的另一个我，才能寻得绽放的生命，真正做到"无愧于生，无畏于死"。

自 序

"浅观"，这是我在思斟良久后，给这本书定下的名字。曾经想过的名字有很多，有像"精神的絮语"这样带有文艺气息的，也有像"孤独与自由"这样以明确词汇作为题目的。可是最后在我看来，它们都不能比现在的题目更准确，更全面地概括这本书，为什么要叫《浅观》呢？

在一年以前，我就有了写下这样一本书的想法，它不是小说，也不是散文，它没有丰富的情节，也没有优美的辞藻。只有思想，只有我对我自己，对这个社会，对这个世界的认识；当然它谈不上是一本学术书籍，凭借我有限的知识储备和逻辑水平，我无法赋予它研究性。

我在这本书里，将会有详有略地阐述我对人类和世界的认识，对教育和思维的认识，对我们所处的环境的认识以及对生活的态度。我是试图以世界观，认识论，美学，伦理学的模式来建构起体系的，但经过了反复思斟，我并没有完全遵照这样的体系，一方面是因为我的学术能力低下，另一方面在我看来，一个完整的，健全的世界观，并不是依照某种体系来建立的，而是追溯着人成长的轨迹，最终要指向对幸福的渴望与追寻。

我的灵魂，在过去有限的年头，是在不断生长着的，时快时慢，偶尔停歇。但在某一个阶段，它们是细碎的，只是一种随时闪现的东西，会随着时间在记忆中流失掉。当我渐渐学会了在记忆中获取力量，这些零散的思绪逐渐整合成型，在脱胎于生活之后又重新与生活交融在一起，就是我的世界观和价值观。

而我这本书，就是要尽量完整地，准确地将我的世界观，价值观表达出来。我希望寻找到它们当中或许会对他人，对社会产生价值的部分叙述出来，哪怕仅仅只能对一个人产生细微的影响，我的奋斗也就有了境界和意义。

我作为一个大学还没有毕业的青年人，对一切事物的认识必然是片面的，粗浅的。尽管如此，我还是要怀着勇气和热忱，发表我的洞见。

因此，这本书的内容，简而言之，就是在描述我粗浅的世界观，价值观，所以我叫它《浅观》。

前言：对表达的冥想

我曾写过一篇文章，叫作"对表达的冥想"，鉴于这篇文章是对创作本身进行的思索，我把它作为本书的前言。

在没有强力制约的情况下，我继中学之后，第一次主动来到教室，做出了把一整天的满课老老实实上完的决定。不管是真正顺应内心还是为自己寻找借口，过去我为了完全干我想干的事情不得不跳脱体制，然而现在我逐渐开始意识到自由只有受到限制才会保持其原有的初衷。在镣铐之下想象着自由，这比起我过去无拘无束之时，甚至更让我觉得我是身在自由当中。

　　讲台上那个女老师的声音很大，仍然是我非常讨厌的那种口气，今天我本来是打算在学校里读一天书的——为了逃避在家中可能出现的电子设备或者其他事物对我头脑的控制和时间的占用。她嘴里吐出的噪音严重影响到了我专注阅读的质量，这样的情况时有发生，每次我都会怀疑自己抗拒干扰的能力，渐渐的我坦然接受这样的意志不坚定，也许这还不足以称之为意志不坚定。因为除了沉迷于家里的惰性和教室里老师的嗓音外，还有阳光经过窗户的折射打在书本上致使眼球产生的不舒服，戴上耳机以阻隔自己之外的喧哗却不免被歌曲的内容取走相当的注意力，这些细碎的不易被人察觉或者说在头脑里反思到的干扰，数不胜数。我的意志力并不取决于是否受到干扰，而取决于我在受到干扰时依旧继续我的阅读的程度。

　　但即便如此，我利用耳机，窗帘，包括自身意志力所构成的防御，还是没能阻止我的阅读陷入停滞。这并不是我的意志力薄弱，而是我意志力所要守卫的对象发生了转化。由于我读书的时候不得不偶尔停下来，借助作者经典的笔触联想自己的理想和生活，而这种联想继续深入和绵延的方向和距离远非我所能控制。当我零碎的想法逐渐通过理性的思维方式聚合整理在一起时，我便不得不出于表达的欲望和遗忘的恐惧，花费超出预料的时间去完善这些思想，再表达以凝固它们。

我今天所要表达的，恰恰是我对表达本身的冥想。而表达这种事情本身就不是大多数人需要加以思索的内容，所以我要用男人对于女人纯粹的情感过程来比喻我对表达的认识，也是对我自己创作这件事情本身的认识。我将以人面对感情问题而产生的情绪，来类比我创作本身需要取舍而产生的情绪。因为男女情感在每个人身上都有所体现和照应，每个人对这样的阐述都会有感同深受的部分。我选择用这样的方式，以尽量实现让大多数人都能够理解我的目的。

表达分为许多种，越是深入复杂的思想，越需要用简单直接的方式来表达。过去我曾经选择过演讲，诗歌，绘画和影视去表达我的生活，但出于我表达的目的，我最终选择了通过简捷清晰的文章来表达。我意识到表达的目的直接决定了我们将会采取什么样的方式表达。有的人为了自己内心的愉悦与宁静而表达，有的人为了向人们甚至人类提供思想的媒介而表达。这些情况在我所知晓的作者以及我身边的朋友身上，都有所体现。这就好像我们为了不同的目的去恋爱，那么我们和情人相处的方式将会大相径庭。有的人为了爱，有的人为了性；于是有的爱情纯粹，有的爱情杂滥。

　　我自己曾经用相当长的时间来做出这个决定，最终出于使命之类的原因，选择了为我自己以外的美好而奋笔疾书。我的创作聚焦在了写作上面。这与对某个纯洁的感情或者说某个让我魂萦梦系之人的迷恋，不免有异曲同工之妙。

　　既然提及了这样的情感，那么其成功的维系，便不可能仅仅依赖那种感情的狂热，还要经过充分思虑的理智的相处。其实我在这里想说的，是我们在写作当中，单靠丰富外溢的情感是远远不够的，情感和思考零散在时间当中，这时它还只是感性的产物，我们想要完整和全面的表达它，需要以理性反过来耗费我们的才智将其整理成新的完整的框架。它在顺序上和逻辑上与之前的细碎的片段已经不同，但我们思想中曾经的内涵，非但没有流失，反而更具光彩。

　　如果仔细看我这篇文章，你们不难发现我除了我需要写出的内容本身之外，还诚实的交代了我写这篇文章的思维过程，文笔手法和创作目的。我相信这在过去的那些灿烂的名字当中，罕见甚至于没有这样的一个作家似我这样敢于放弃一切迷雾。我这样放弃了一切可以修饰自己的烟幕，是因为我在这场使命中已经完全抛弃了读者对我的看法。我唯一想做的，就是让读到我文字的人，能对我的思想理解得更加清晰。我把文章，作为我的思想和读者之间的媒介。这个媒介的自我防御愈薄弱，它在承接过程中产生的损耗就越低。

我又要拿感情来打比方了，恋人眼中的彼此，只是他们想象的对方，而不是真正的对方。各种感官上的碰撞，是他们之间唯一的媒介，他们掩藏得越少，就理解得越真。

但情人之间理解的程度永远都是有限的，出于个人思绪的变幻莫测，人与人之间互相理解的程度被规定在一定的范围内。许多读者即使读难书仍旧容易不是因为思想水平多高，而是类似甚至相同的内容之前就曾出现在他们的脑中。只不过对于平日里思考得频率不同的人们来说，这种重复出现的频率也存在较大差异。这样的规律警示我：我只能通过牺牲自己而不能通过牺牲思想本身来降低文字的难度。

通过拿自己并不成功的感情调侃着，我说出自己对写作的理解。如果要追求纯粹的爱情，我们便要让除了爱情以外的因素对自己的影响降到最低，我曾经这样纯粹过，也曾经因为伤害而复杂过，但为了达到终极的目的，人必然要回归于纯粹。就像掺入了杂质的情感难获幸福一样，受劣性影响的创作也难结果实。

名利对写作的影响我已不便再多说，因为如今的社会批判这丑陋主流的人声势如潮。但除此之外，某些细微的，深潜在人心中的种子，却在我们的锦簇花团中开出黑暗的色泽。

宗教当中人有七宗原罪，饕餮，暴怒，傲慢，嫉妒，淫欲，懒惰，贪婪。我在读写当中，曾不止一次地感受到自己身上的这些东西。就如同我刚才所说，那些令人发指剧烈的丑恶偏偏离我很远，真正让我心生疑虑的反倒是那些让大多数人不曾觉察甚至不以为然的天性。

过去经常有这样的时日，我沉迷于一些爱好，游戏和娱乐，它们占据了我回忆，思考和记录的时间。我不得不克服惰性，舍弃留给它们的时间。情感，创作乃至整个人生，都需要果敢和痛苦的取舍。你看中一个女性的品格，便不得不接受她不够出众的容貌；同样，当你需要花费大量的精力进行创作，便不能放纵于休息和享乐。有限的生命给我们的自由戴上枷锁，对时间的掌控却让我们享有更高的自由意志。

有时我不禁突然觉得，自己在写作当中是否因为虚荣心作怪而过度以至于滥用文笔，那让我的文字离现实生活更远，离思想本身更远。对比很多作品之间随着我认知程度增强而愈发明显的差距，我这样总结：没有任何一个作品能够将生活记录的完整准确，因为创作中文字写下的不是我们的生活，而是我们对生活的回忆。文字和现实不免有所出入，但出入越小，便越有力量。

此外，还有时我会纠结于创作当中的许多细节，生怕它们和哪些大家类似。但无论我们是否和别人一样在恋爱中流于俗套，真正决定其质量的，是我们的感情本身是否鲜活，而不是体现它的形式。笔下的文字则更加具备这样的特征，当有一天我们完全放下这样的担忧，彻底将全部的精力投入倾诉之中，不管以什么样的形式，我们的使命都在稳定的实现着。这需要我们努力克服虚荣，嫉妒等种种劣根性，内心只余一片赤诚。天性让我们无法完全达到这样的境界，无奈这便是神让我们保持的差距。

不置可否，时代对于作家的影响，同样十分巨大，无论作家本人顺应时代或是叛逆时代。这就好比爱情当中人的家庭背景和社会阅历会无形中对人的爱情观念造成巨大的影响一样。务必减弱这种影响对我们心中真理的评判，但同时这种影响却又是不可忤逆的。在阅读许多伟人所著书籍时，我发现每个伟大的思想都是伴随或者早时代一步出现的，同时它又反过来引领时代朝着新的方向前行。尽管如此，爱情观不同的男男女女追求的情感在本质上仍然是同一种东西；由于身处不同时代的缘故，作家们表达的方式和内容各不相同，但他们表达的目的和内核似乎总是趋同的。

想到这里，我抬头，余光扫见了教室角落一对缠绵的情侣。我十分艳羡他们的二人世界，就如同我和我的作品紧紧联系一样，却偏偏具有强烈的排他性。他们坐在角落里，远远避之也毫不在意外界的影响。我在创作之中也是如此，却又比这多了孤独和寂寞。我远离的时候不仅仅是对自己也是对他人的一种伤害，然而我心里清楚地明白如此是为了换取我自己乃至人类思想上更大的胜利。

但心中再次重复一直秉承的观点，无论怎样忠贞不渝的爱情，都需要适当的远离来维持它的生命力。这样一来我又联想到了为何我今天能够将一件事情想得如此深入和丰满，因为我今天距离我所想的事情本身是如此遥远。尽管影响了读写的进度，我却用放空自己换来了这来之不易的思想的状态。明显的，仅仅专注于创作本身是不能让创作继续的，我们需要相当的时间在生活中停滞，在停滞中冥想。创作和恋爱一样需要欲擒故纵。

还有许多恋人的疏远是因为丧失了浪漫的激情，他们忘却了日常平庸的甜蜜。我们在创作当中往往取材于那些曾令我们印象深刻甚至于魂牵梦绕的现实，但事实上越深入的文字，越需要最平凡也是最容易被忘记的琐碎生活作为填充。因为遗忘的无法逆转，后者是需要我们付出超越前者的努力的。

当写到这里，我清楚地意识到了自己写作上长足的进步，这让我不由得回忆起自己曾经的文字，似乎我的笔触都是追随着我灵魂的生长的。但我又想到这样的事实：我脑中的想象已经持续了相当长时间或者说我思想的水平已经步入了相当的境界之后，我才有能力将它们系统的转变为文字。就仿佛情人之间互相的倾诉和彼此真正的感受存在差异一样，我存在于心底和笔下的创作之间，横亘着一道难以逾越的鸿沟，那便是我们有限的表达能力。因此，作家想要把一定水平的内容落在笔下，往往需要达到更高的水平才能完成。

这些就是我自己所能想到的，对待创作这件事情全部的反思了，我清楚地知道自己必然无法描写得彻底准确和完全。除此之外，也许还会有读者质疑我把诸如天赋智慧，人生阅历，敏感观察，文学功底等重要的构成创作的各种条件忽略掉了，然而事实上，在我心里这些要素已经重要到成为一个优秀作家必不可少的品质。我并非对其避而不谈，而是对于这些必不可少的，一定有诸多大家著作比我讲解的更加准确全面。我所谈的，是我在我难得的冥想当中获得的之于创作并不必要却令人难以察觉的影响。出于我之前毫不掩饰地承诺，我在此承认这些。

但仅想到这些，我心里已经五味杂陈，有骄傲，有痛苦，有孤独，有欢喜，有感动。过去相同的时候我曾留下泪水，如今却强作镇定。我怀有的这样的情绪，我在过去曾将其比作赢得一场战争后复杂的心情，但现在我重新变换了一个说法来定义它。

战争中的许多品质和特点，是与写作迥异的，与搏斗的勇猛果敢相反的是写作需要的卑小敏感，与战争的风卷残云相反的是文字的恒远持久。现在的我觉得创作一个伟大的作品更像经历一场纯粹的爱情。

但这并非缩小了创作本身的格局，总有些狭小于个人的事物却比庞大至时代的事物更具有深远的主题。

我就像对待情人一样对待我的创作，在经历了无尽欢乐和痛苦之后，在内心期盼着美好的结果。

当我竭尽所能把表达过程中的问题考虑周详，剩下的便是对我要表达的内容的重新回忆和考证了。

其中包括我对现实与想象，思想与情节，理智与情感的权衡；对遥远往昔的经历和感受的无限追忆；对整个思想逻辑的缜密架构。这些无一不以此前我所阐述的那些品质为基奠。

这些就是我对表达，对我选择的义务，其实是天赋的使命——创作的苦思冥想。当作家完成了对自己创作本身的思考，他真正的创作才得以宣告开始。

这篇文章并非我一时一日完成，而是思索良久，偶有删改。在这个过程当中，我有限的意志也曾有过焦躁和怀疑，不清楚这场表达的尽头在哪里。但怀着对自身使命的敬意和坚定：思想唯有依赖死亡谢幕，

第一章 人与神

1. 神的由来

神，宗教指天地万物的创造者和统治者，有的人指神仙或能力、道德高超的人死后的精灵。

神这个称谓，在我的孩提时代就已经印象深刻了，最初它是和"神话"这个词汇联系在一起的。神话是关于神仙或神化的古代英雄的故事，是古代人民对自然现象和社会生活的一种天真的解释和美丽的向往。

最初，神对于我来说，也就仅仅被框定在故事之中，对于那时候的我来说，神并不是现实存在的。但随着我年龄的增长，伴着我对自己和世界的不断反思，我开始发现我们并不能完全决定我们自己的生活，也不能真正改变我们周遭的环境。并且，从小到大都常伴我的追问越来越深：我们和这世界，究竟是怎么来的呢？小时候大哥哥大姐姐给予我简单的譬如"宇宙大爆炸"这样的论调显然早已经不能说服我了，在那时我就提出过追问，那宇宙诞生之前的东西，又是如何诞生的呢？很显然这样的追问是不会有尽头的，但我又需要某种相对来说更加确切的东西解释这些疑惑，加上各种神话故事，宗教信仰的影响，我开始相信在万事万物之上，有全知全能的神存在着，他创造了万事万物，制定了世界运转的法则。

而这个意义上的神，也就不再是神话中的神了，而是对世界的本源和真理的统称。"道散形为炁，聚形为太上老君"，老子提出的"道"，包括德谟克利特说的"世界的本源是原子"，其实他们都是对本源和真理进行统一，只不过是赋予了不同的称谓，理论观点上有所不同。

由此我们也就得出了神的由来：最初，神是人对超越其理解的自然力量的拟人化。这是神话和宗教意义上的神，是相对具象的；然而随着思想的不断深入，当人类意识到有超越自身甚至一切事物的存在时，将其命名为神。这是哲学意义上的神，是相对抽象的。

总体来说，神的由来就是对超人存在的认识和定义。从这一角度来说，不管是具象的神还是抽象的神，他们都是超人存在，都有着相同的由来。但从神由来的目的出发，这两个意义上的神并不相同。神话与宗教当中，人确定神的存在是为了寻求庇护和好处，是出于功利的目的；而哲学的神，出于人对世界的不断追问和探索，是为了真理的答案。从这个角度来说，神有着不同的由来，而神在此又分为了两种意义上的神。

神的由来，是人对神的敬畏和感知，来源于神给予人的限制和恩惠。

2. 神创人和人创神

神，是对超人存在的认识和定义。那么，是神创人还是人创神呢？

在我看来，神是超人存在这一认识已经奠定了我的世界观。神创人和人创神并不是纠结的矛盾的，是人神关系问题的两个方面，是对已有的世界观的延伸探讨。

创造我们的，不是某位形象鲜明的神，某个在我们心中有着具体形象的"人物"；而是抽象的，我们只能在精神上肯定的存在。创造人的，是超人存在，即神。

但我们只能确定有超越人本身的存在，却不能确定它为何物，只能假定它是神。超人存在是确定的，神的称谓是假定的。从这个角度来看，神又是由我们所创造的。

但为什么人类会将这样的存在定义为神呢？因为神格脱胎于人格。超人存在本身是没有我们可以认知的性质和品格的，于是人赋予它和自己相似的特征以便于把握。我们试图了解造物主创造的动机和目的，了解这场精妙绝伦的创造将走向怎样的结果，诸如此类，而这已经是人类自己的思维方式了。人类不断尝试着去了解造物主，同时也创造了他。人，创造了神。

由此可见，神创人与人创神并没有发生冲突，因为神的具体含义在两个角度中存在差异。创造人的神是超人存在本身，人创造的神是人类给予超人存在的定义和称谓。

我心中的神，是抽象的本源和真理，但为了更便于认识它，接受它的指引，我把人类的品行施加在它身上。

3. 障：普罗米修斯之死

自我出生伊始我就开始了对一切的认识，对自己的认识，对他人的认识，对世界的认识。每个人都在不断认识着相同的对象，当然每个人认识的程度也都停留在不同的层次上。个人的认识汇集成为人类的认识，社会的认识。

人类的自然科学与社会科学发展迅猛，日新月异，但我认为，人类原本有的认识能力并没有提升或者改变，不断扩大和革新的是人类认识到的内容。如果某一刻人类认识能力本身发生了变化，那么人类也就不再是人类，已经进化成为其他物种了。

除此之外我始终坚信，我们所认识的对象是浩渺无边的，并且不断发展变化的。

因此，人类对自己，对他人，对世界的认识是有限的。人的认识是有障碍的。

如果从人神关系的角度来说，神创造了万事万物，那么万事万物也就是神的一部分，人类也是神的一部分。造物主是不可能允许自己创造的事物反过来认清自己的，但他又确确实实给予了我们人类一定的智慧。

我们有智慧，却没有足够认清一切事物的智慧，我称这种限制为"障"。

由此我每每想起古希腊神话中的普罗米修斯，他创造人类，盗取火种，使人成为万物之灵，但作为惩罚，普罗米修斯被锁拷在悬崖之上接受烈日暴晒，还有神鹰啄食他的肝脏，受尽了痛苦与折磨。普罗米修斯真正的错误并不在于造人和盗火，而在于他力图让人类的智慧和力量比肩诸神。

在神话中普罗米修斯被赫拉克勒斯解救出来，更是有诗人歌颂"解放了的普罗米修斯"，但这只是人类对反抗神灵成功的浪漫幻想。假如真有普罗米修斯般的人物，他的结局只能是走向灭亡。

人类不能，甚至神也不能，消除人类认识的障碍。

4. 割裂的世界

人的认识是有障碍的。人与世界之间，存在"障"。

我们已经对世界有了一定的认识，从我们最初认识山川湖海，芸芸众生，到我们了解到自然有规律，宇宙有法则。

然而我们认识到的，甚至于坚信不疑的这些事物，它究竟是不是我们所认为的样子呢？真相是否是这样：当我们低头捻起细碎的灰尘，经过我们脑海的只是那异样的触感；当我们抬头仰望夜空的繁星，留在我们心中的只是那微弱的光芒。究极而论，无论人类对世界的认识达到怎样的高度，都是依赖我们的感官。

我们所认识到的世界，和本来的世界，并不是一个样子。

人类在认识论上始终存在着矛盾，首先是可不可以认识世界的矛盾，一方认为世界就在这里，人类可以认识世界。这是可知论。可疑问在于，我们真的可以认识世界的本来面貌吗？如果我们不能认识世界的本来面貌，是不是就意味着我们无法认识这个世界？这也就是另一方的观点，认为人类不能认识世界。这是不可知论。但很显然人类对世界并非一无所知；然后是世界与认识关系问题的矛盾，一方认为世界原本就在这里，认识是物质世界在人脑中的反映。这是唯物主义。但随即会有人提出这样的问题，如果不是我看到了这世界，它又如何存在？于是另一方认为认识是世界根源与基础，外部世界中的一切事物都是精神的显现。这是唯心主义。但如果没有任何事物刺激我们的感官，我们不能凭空就形成认识。

　　这样看来似乎每一方都有一定的道理，可又不能完全站住脚。我决定抛开这些矛盾，回到我自己的世界观上分析这个问题。

　　因为"障"的存在，人可以认识世界，却不能彻底地认识世界。但是认识世界这件事情是对于我们来说才有的，我们在认识世界的过程中创造了一个新的世界。对于我们来说，世界是可以割裂开来的。

　　人的世界，是割裂的世界：原本有的世界和认识到的世界。

　　认识到的世界是由人在原本有的世界的基础上创造出来的，但原本有的世界并不属于我们。它存在着，对于人来说又不存在。

5. 限制即恩惠（上）

当认识有了障碍，认识也就没了极限。追求任何事物，其过程都是丰富的，结果都是空虚的。因为只有在过程里才有对目标的渴望。

超人存在被称为神，也就有了人格。我们可以这样假设，神作为造物主，全知全能。这也就意味着神对世界的认识没有障碍，因为万事万物都是神创造的，神就是世界本身。那么神的认识，只有结果，不需要过程，也就失去了过程。神是没有渴望的，在虚无中寂静。

但人类是需要自己思考，才能认识到，限制即恩惠。有的人认为自己的认识已经到了极限，这不免过分骄傲自大以至愚昧；有的人苦于认识达不到顶峰而自怨自艾轻言放弃。寄托希望于结果之上，就说明还未曾意识到限制的存在。我们意识到它的存在时，便跨入了新的阶段，开始思考限制对我们的影响。

人意识到限制，便开始超越限制。

当人不再仅仅挣扎于，或者放弃于限制，转而意识到限制是一种恩惠时，便从中超脱出来。

我们可以达到这样的状态：不骄不躁，不避不弃，不懈追寻。

第二章　人与动物

6. 作为动物的基本需要

人，是一种灵长目人科人属的物种，是能制造工具并使用工具进行劳动的高等动物。动物，说到根本就是活动之物。从这就不难看出，不管人类如何自诩为万物之灵，我们都只是动物罢了。

因此人首先的需要，就是作为动物的基本需要。

动物，最基本的需要，就是维持肉体存在的需要。

因此人类作为动物，需要首先维持肉体的存在，这也是世间众生奔波忙碌的原因所在。

维持肉体的存在，首先需要生存。营养物质、水分、阳光、空气、适宜的温度，这些都是动物生存的要素，至少是人类生存的要素。于是人想要生存，首先就要劳动以获取食物，享有舒适的聚居地，以免食不果腹，风餐露宿。人类社会发展至今日，这样的需求逐渐演化为日常的工作赚钱，以换取想要的生活。生存还体现在人类活动的方方面面，医疗以维护身体，战争以抢夺资源等等。人类一切活动最原始的根源，都是为了生存。

除此之外，维持肉体的存在，需要繁衍。动物的生命是有限的。我们可以生存，却无法永远生存下去。于是任何种族包括人类想要不断地延续，都需要繁衍。为了满足繁衍的需要，人类享有性，爱情，婚姻和家庭的机能。而这些机能，是需要培育和保护的。人类需要经营爱情，婚姻和家庭，让下一代继续生存和繁衍。以这样的方式，繁衍成了轮回。人类作为动物的生命，就和这宇宙中的普罗万象一样，一代又一代轮回传递着活力。每一代人都把自己的生命之泉用以滋养下一代生命的种子，而下一代又把这耗尽母系得来的养分继续奉献给下一代。于是人类身上会出现这样奇异的状态：并不在享受自己的美好时光中感到快乐，而是在目送子孙的光辉岁月里获得宁静。

生存和繁衍，是人类作为动物的基本需要。并且，人类为了满足这些需要，必须付出努力。

7. 人是介于动物和神之间的存在

人，除了从生物层面定义之外，还可以从精神与文化等各个层面来定义，或是这些层面定义的结合。人类除了是动物之外，还具有动物所不具备的思维的能力。或许我们并没有能力断定动物没有类似的能力。但人类是已知的唯一会使用火、会穿衣、会烹调以及其他高级技术的物种。人类还创造了复杂的社会结构，从家庭到国家。人类个体之间的社会交际创立了广泛的传统、习俗、宗教制度、价值观以及法律。人类还希望能够解释自己和世界，理解并改造环境。因此，从这个角度来说，人类是不同于动物的，我们有动物没有的精神。这里的"动物"是相对我们人类而言的动物。对于我们来说，假使动物真的有精神，那它们也就不再仅仅是动物了。

这种精神，就是神性。但人类和神似乎也是不一样的。神作为造物主，作为真理，是超人存在，是超越一切的精神存在。神全知全能，不需要人类动物性的生存。

我们可以这样简单分析人类所处的位置。动物，只有肉体没有精神；人，有肉体也有精神；神，没有肉体只有精神。三者的地位从低到高可以这样排列：动物、人、神。

人处在动物与神之间特殊的位置上，人靠近动物的同时也靠近神。但整个人类所处的位置并不是一个点，而是一个区间，区间的两端是动物和神。这个区间当中存在一部分人更靠近动物，另一部分人更靠近神，并且每个人在区间中的点都不同，这就决定了人与人之间是有差距的。人与人之间的差距，来源于人与动物的差距和人与神的差距。人与人之间的最大差距，仅仅小于动物和神的差距。

因此，人是介于动物和神之间的存在，人与人之间又存在差距。

8. 肉体是精神的壳

　　我曾经萌生过这样的想法，或许每个人都萌生过这样的想法：

　　人的一天，就是起床，吃饭，工作，睡觉。我们要在早晨爬起来，在晚上让自己入睡；要洗衣做饭，打扫卫生；要离开家走到外面，工作和学习。我们都要这样度过一天。

　　人的一生，就是出生，成长，死亡。我们努力长大，组成新的家庭；我们养育后代，照顾老人；我们见证儿女做着相同的事情，走向死亡。几乎每个人都要这样度过一生。

每一天，每一生，人们都在重复相同的事情。这样的重复，是否太机械了？太无趣了？我曾经质疑过这样的生活，也反抗过这样的生活。结果就是，当我违背这样的生活，我的身体首先受到了伤害。

不有规律的吃饭睡觉，保持身体和环境的卫生，我们会生病甚至死亡；没有节制地使用我们的感官、躯干，我们会提前丧失基本的行为能力；不正常长大成人、组建家庭，我们难以获得平稳幸福的生活；不参与工作付出劳动，我们无法获得社会生活必需的收入来源。

我们必须维持好这具肉身，才能继续我们的生活。

神给予我们精神的同时，也给了我们肉体，而肉体是精神的壳。

没有人知道精神脱离了肉体后会去向哪里，但它必然远离了人类的世界。因此对于我们这些活着的人来说，精神离开这躯壳，便烟消云散了。另外，精神的内容是脱胎于肉体的感受的。如果肉体没有普遍的完整的历程，精神便是破碎的残缺的。

因此，人首先要活成一个健全的动物，才能向神的方向进发。

人生的无奈根植于精神寄寓于肉体这一现实。

又或许这正是生命的魅力所在。

9. 割裂的生命

神给人套上了躯壳，这可以算做是一种枷锁。但这牢笼里面住着的是精神，它总是存着突破这牢笼的渴望。

人的生活一部分是为了肉体的存续，这也耗费了人相当多的精力。人的精神具有超越肉体的部分，因此人的生活有另外一部分是为了精神的满足。然而这个部分并不是虚幻的，精神虽然超越了肉体，但它不得不依托肉体表现在人生的某些方面。比如作家在现实生活中放弃或遗失的东西，能从作品中重新被找回来，这是对创作本身最大的奖励。飞离的灵魂，会以具体的形式，显现它们的影子。

　　但由于精神超越肉体的部分并不能在肉体上真实地实现，生活的前一部分和后一部分是相互矛盾的。而且，后一部分往往要向前一部分妥协，这就造成了人的割裂。

　　人，有着割裂的生命。

　　另外，毫无妥协的人，等于是向另一个极端屈服了。追求完全本真的人，其实是陷入了另一种完全的妥协，并且它还经常戴着自由的面具作为对懒惰、欲望和懦弱的粉饰而出现。

　　人是希望跟随心灵的指引活成本来想要活成的样子的，但又不得不按照现实的限制活成另外一个样子。人由此活出了两个自我：本来的自我和妥协的自我。

　　有妥协，也就有挣扎与反抗。毫不妥协，完全反抗的人，会丢掉肉体，也就没了精神。舍弃了妥协的自我，也就没了本来的自我；不再挣扎，完全妥协的人，会丢掉精神，只剩肉体。舍弃了本来的自我，妥协的自我也会随之消失。单纯地反抗或者妥协，只会让人丧失自我。生命只能如此割裂地存在着。

由于人的精神和肉体时常会自然而然地符合对方的需要，它们并不是完全矛盾的。本来的自我和妥协的自我会有相符合的部分。人的两个自我互相审视着，尽管战斗，却保持着基本的和平。这也是生活时而愉悦时而忧愁的原因。割裂的生命维持着统一。

生命割裂而统一地存在着。

10. 限制即恩惠（下）

除了认识的障碍之外，另一个限制就是以肉体作壳容纳精神。试想，如果人类没有肉体只有精神，我们不再需要维持生存，也不再需要繁衍后代，我们无所不能，突破了死亡的大限。然而只有在有限的时间和条件下，才需要我们选择。没有限制意味着我们可以无所顾忌，放任自流，而这将使我们一事无成。

我们的肉身和灵魂冲突起来，在冲突当中我们时而顾全肉身时而放逐灵魂，二者之间的权衡就构成了生命最基本的选择。生命中有一个又一个艰难的抉择，才有为了贯彻它而付出的心血。我们通过选择，把奋斗填补进短暂的时光里，铺就人生的漫漫长路。

我们无须为了人生寄寓于肉体而彷徨无奈，犹疑放纵。我们应在肉体完全消亡之前竭尽全力以从容、妥协的姿态追求幸福的生活。当我们缓步走进死亡，精神不再属于我们，而属于这个世界。

限制是神赐予人最大的恩惠。认识的障碍和肉体的枷锁让我们拥有渴望和选择。我们在渴望中追求，在选择中成就。我们理应庆幸生而为人，虽然没有神无限的智慧和寿命，但人类向上追求的希望和勇于取舍的抉择比神更加高贵。我们拥有了渴望与选择的权利，也就有了幸福的权利。

我们不应妄自尊大，也不必自感卑贱；可以无愧于生，无畏于死；能品尝成功果实，追寻永无止境。

无穷无尽的疑惑和迎面而来的死亡让无数人无奈而悲伤，我们现在将其战胜，乐观、勇敢、热忱、平和地走向幸福。

第三章　思维的魅力

11. 思维的系统

毫无疑问，就目前的认识来看，人类有着超越其他生物的智慧。人类具有高级的认识活动，那就是思维。

思维是一个复杂的系统，也因此充满了魅力。从根本上来看，思维是人脑对事物的反映和概括。思维最基本的系统就是人的大脑机能，来源于脑物理上和化学上的运动。归根结底思维的基本系统是生理机能，这也解释了人思虑过多会生出白发。思维是人用头脑进行认识的属性、能力和过程，涉及所有的认知活动，探索和发现事物内部本质联系和规律性。思维经过了对自己本身的探索，又被人分为了逻辑思维、形象思维、顿悟思维等思维形式。

思维的系统和人类现有的计算机系统存在相似之处。和计算机运行内存过多影响运行速度一样，人脑在记忆内容增多后反应速度和判断能力会下滑；并且思维的某些形式的能力增强了，其他形式的能力就会有所减弱，这和计算机中不同软件的相互占用不免有异曲同工之妙。因此，人脑的潜能并不是可以无限开发的，我们应该理智的利用思维。

然而思维的系统并不是简单的人脑机能。人脑开发度是10%，虽然这种说法存在争议并且基本上被否决，但我们仍可以用这样量化的方式来举例。与人脑相对应的，海豚的大脑开发度达到了20%。这样的说法尽管不可轻信，却也在一定程度上表明了海豚，甚至某些生物的脑机能超过了人类。可它们并没有人类有的思维能力。所以，人的生理机能只是思维的基本系统，思维的系统想要真正运转起来，需要在这个基础上借助人脑以外的因素才能进行完整的思维活动。而脱离了人脑机能，人的认识活动就没有了基础，因此思维活动中超过生理机能的因素是不能被认识的。也就是说，思维无法反过来完全认识自身。

可以这样理解，思维的系统中超过生理机能的部分就是人神性的部分。正是这一部分造成了思维的复杂性，也使人的认识具有有限性。

12. 影响思维水平的因素

人类具有相同的思维系统，但每个人的思维水平都存在差异。

影响思维水平的，既有内部因素又有外部因素。其中内部因素主要有基因，大脑发育程度，后天教育培养等等，而外部因素包括周边环境，历史制约等等。其中，环境和历史因素，我认为它们无法对思维水平起决定作用，换个角度来说它们更多的是影响思维对象。另外，由于思维系统的复杂性，年龄并不能成为判断思维水平高低的标准和依据。思维水平和年龄是存在错位的。

影响思维水平的因素多而复杂，其中，智力、培育和境界是思维水平的决定因素。

智力，包括人动物性的生理机能，也包括人神性的凌驾于其他生物之上的能力，综合表现为一个人的智力。每个人的智力水平都是有所不同的，人的智力水平直接决定了思维能力的基础；后天的培育起着至关重要的作用，教育的质量，长辈的影响等等，会决定思维水平在智力的基础上达到什么程度。就个人自身的成长而言，智力决定了一个人思维的起点在哪里，后天的培育则决定在这个基础上能走出多远。智力决定思维的下限，后天培育决定思维的上限。

但是当我们提及思维水平的高低时，就已经是在人与人之间进行比较。这个时候，智力和培育对思维的影响就发生了调转。智力决定思维水平的上限，培育决定思维水平的下限。

除了智力和培育之外，一个人的境界也决定了他的思维水平。人通过思维完成认知的过程，再通过认知的结果反过来指导生活以及思维本身。境界是思维的结果反过来指导和塑造思维方式的水平。境界由思维水平决定，又反过来决定思维水平。一个人处于越高的境界，也就能达到越高的思维水平。

13. 思维的界限

人的认识是有限的，其根本是思维存在界限。思维、认识的对象是人自己和世界。对自己和世界的思维都有界限，因此人对自己和世界的认识是有限的。

思维分为生理的部分和神性的部分。由于人的思维含有神性的部分，人依赖生理机能为基础的思维无法完全认识自己本身，也就是说，思维无法认识神性的部分。人对自己的认识被限制在生理范围内，人可以认识动物的我，但无法认识神性的我。我们可以意识到神性的我的存在，但不能得到真切的认知。当思维的对象是思维本身，是人自己时，思维的界限表现在动物性与神性的界限上。

动物性和神性之间是有一个界限的，思维对自身的界限与之趋同，而思维对自身以外的界限在这之上。由此可见，思维对自身的把握要难于对世界的把握。

尽管如此，依旧有人继续把对思维本身的认识抽象出来形成新的思维内容。但这些内容在我们感官所感知到的世界中并没有映照，并且会陷入以这些内容为对象的反复循环的思维中去。由认识思维本身产生的思维无法直接指导现实生活，它只能指导思维本身，会间接地起到对现实生活的指导作用。这种间接性会在这个过程中产生多么大的损耗我们不得而知。如果思维的目的是指导现实生活，那么对于思维本身的抽象活动是否需要我们加以克制。

14. 追忆：思维即反思

思维使我们对抽象的概念有了认识和把握，但这些抽象概念需要联系起来，就需要建立统一的有联系的抽象概念的数量，就是维度。维度就是人们观察、思考和表述事物的思维角度。

科学表明我们所认识的宇宙，我们所在的宇宙，有四个维度：点是零维，线是一维，面是二维，体是三维，加上时间就成了四维。在我看来，时间这个维度是高于其他维度的，有了时间点的不断叠加才有了其他维度构成的存在。时间是非常奇妙的东西，人类生命甚至整个宇宙存在的意义都来源于时间。所有的悲伤都来自于时间。

　　人并不能在某个时间点上存在，只能在整个时间线上存在，而且只能按照一定的方向运动。也就是说，不管时间的刻度被划分到多小的程度，人都不能存在于当前的时间点上，而是处于绝对运动的状态当中，静止只是人通过反思让时间点凝固在思维当中得到的结果。

　　因此，人思维的对象永远都是过去的事物。人对事物的认识需要首先回忆发生过的内容再对其进行思考。而回忆本身就是一种思维，所以人的思维是处于不断反思的循环之中。思维即反思。

　　追忆不是简单的回忆，是对回忆的追寻。我使用追忆这个词汇，根本上是想说明思维并不是顺其自然的事情，只有主动去回忆和反思，才能让思维走向深入的水平。追忆是人需要养成的思维的习惯，远离了追忆，也就远离了思维的意义。通过对过去时间点的追忆，我们才真正实现了"当下的思维"。

15.想象：飞翔的回忆

在追忆的过程当中，人的思维构建出超越了原本认识对象的事物并且只能停留在思维层次上，这就是想象。想象是一种特殊的思维方式，它是人对已经回忆到的现实形象与存在又继续进行发展和解构形成新的形象与存在的过程。

人类是受空间和时间的限制的，但通过想象人可以在脑中得出现有空间以外的形象以及未来的时间点、时间段。想象可以让人的思维超越时间和空间的限制。想象是飞翔的回忆。人脑中储存的事物是固定不变的，想象则带着回忆飞翔起来。

　　但想象又分为有目的的想象和没有目的的想象。有些想象是在人的无意识当中完成的，而有些想象是带着目的按照一定的方向和范围进行的。在空中飞翔的鸟儿，如果没有目的的飞行就永远不能落地。因此对于人来说，有目的的想象才能实现再造和创造，让想象真正发挥现实作用。

　　除此之外，当想象按照人所认识到的规律，朝着积极幸福的方向发展时，就会产生憧憬甚至预测未来的能力。这个时候想象就逐渐形成理想，具有了对现实的推动力。

16. 表达：思维的媒介

人具有思维能力的同时，还要有交流的能力，否则思维无法传递和传播。人所依赖着完成交流的就是表达。表达就是将思维的结果反映出来的行为。表达是思维与思维之间互相交流传输的媒介。

人通过表达不仅仅可以完成与他人的交流，还能完成与自己的交流。表达的方向可以是向外的，也可以是向内的。表达的对象除了他人之外还有自己。

表达的方式有很多种，如文字、绘画、音乐、舞蹈、影视等等。表达的方式由表达的内容和表达的目的决定。原因在于表达的结果无法等同于原本的思维的内容。表达的过程存在损耗。表达原本是简陋的，经由人的加工才形成了复杂的，多样的表达方式，表达方式本身也扩展出了各种手段和手法，开始符合个人及群体的审美标准。但表达作为思维的媒介，对其本身的加工就是加强这个媒介的自我防御，它在承接过程中产生的损耗就越高。

因此表达的目的和表达的内容决定了我们选择对原始的表达的加工程度，也就决定了表达的方式。例如：当表达的目的是传达直接的抽象内容时，就应该选择相对简洁的表达方式；当表达的目的是表现丰沛的情感时，就可以选择相对含蓄的表达方式。当表达的内容是复杂的逻辑时，就应该用相对简明的表达方式；当表达的内容是具体的形象时，就应该用相对直观的表达方式。

完整的表达基本经历这样的过程，首先要明确表达的目的和表达的内容，然后再确定表达的方式，最后利用具体的工具来完成表达。

17. 语言：思维的工具

　　表达需要依赖工具进行。表达的工具有很多种，语言、语音、语调、表情、动作等等都是表达的工具。其中对于人来说最为重要的一种工具就是语言。能够使用语言是只有人类才具有的特征。

　　我们可以这样简单的理解语言的产生，对于相同的事物，不同的人会产生相似的理解，但这个时候不同的理解会造成沟通的阻碍。比如说我们都知道"吃饭"这件事，但是在发明"吃饭"这个词汇之前，我们没办法对别人说出"该吃饭了"这句话。

　　除此之外，语言并不仅仅是表达思维结果的工具，还是思维过程的工具。从思维触及对象，到思维抽象出新的内容，再到把它们表达出来，整个过程都需要以语言为工具。简而言之，语言是思维的工具。

语言固然重要，但无论语言在人类社会中起到何等作用，它也只是一种表达的方式。我们不能让表达方式凌驾于表达内容之上，凌驾于思维本身之上。语言只是工具，并不能成为一种知识。

概念的掌握和创造更需要谨慎地收敛。概念是反映对象本质属性的思维形式，它的载体是语言。概念一定要用语言表达，但并不是所有语言都表达概念。概念在表象上是特殊的语言。但概念会框定人思维的范围，我们所掌握的概念越多，思维能抵达的地方就越少。

18. 艺术：思维的结果

艺术究竟是什么？艺术在中文的描述中常常与美术画上等号。然而艺术并不是一个狭义的范畴，除了以绘画、雕塑为核心的视觉造型艺术，也就是美术之外，文学、音乐、舞蹈、影视等都可以划入艺术的范畴。从广义来说，艺术是人类思维通过各种形式外在的表现。艺术是思维的结果。

但艺术又不是任何思维的结果，其中符合个人及群体的审美范畴的才是艺术。但"美"是很难界定的，并且在人与人之间具有相对性。这个"美"，可以解释为思维对存在的超越性。思维当中存在超越了现实的部分，艺术就是这部分思维的表达结果。

　　由此可以得出艺术高于现实存在的结论，但这并不意味着艺术是脱离生活存在的，艺术来源于思维中超越了现实的部分与现实之间的矛盾。这些矛盾，给予人表达的情感冲动。表达的艺术，源自于理想同现实的落差，理性与感性的权衡，孤独与自由的关系。

　　同时艺术也反过来对我们的生活施加影响。艺术能够维护人生理与心理的健康。肉体和精神的冲突是会给人的肉体和精神同时带来损伤的，而艺术将冲突排解到了人自身以外的地方，缓解了这种损伤；艺术为个人、群体、时代之间文明传递的媒介。艺术作为思维的结果是凝固在现实存在物上并且依赖现实存在物显现的，因此艺术能跨越时间和空间的限制，完成思维的传递；艺术带来思维和存在互相超越的良性循环。艺术对现实的超越性会推动现实的不断发展，而在艺术当中的思维为了保持对现实的超越性必须超越自身，艺术从而达到新的水平继续推动现实发展。思维和存在由此形成互相超越的循环发展。

　　艺术与生活的关系是思维与存在关系表象的显现。

19. 被执行的思维

思维是可以分为两大部分的，一部分是符合现实的部分，另一部分是超越现实的部分。由此思维分为可以被执行的思维和不可以被执行的思维。比如艺术就是不可以被执行的思维，它寄托于其他存在物上形成抽象实体。

在具体的思维活动中二者并不是绝对分离的，而是交融在一起的。因此在现实生活中不存在思维完全无法执行的情况，也不存在思维能被完全执行的情况。真实情况是思维都能被执行，但无法完全执行，并且思维被执行的程度也不同。被执行的思维与思维本身存在差距。

　　而思维的执行力还受思维本身的影响，不同思维方式之间的冲突会阻碍思维的执行。人为了提高执行力，就需要克制思维方式之间的冲突，在它们之中做出选择和放弃。

　　思维被执行的程度，取决于思维中超越现实部分的地位和思维方式之间的协调能力。

　　思维转化为现实之后会产生变化，这种变化是人无法取消的，却是可以调节的，并且人需要凭借智慧和意志调节这种变化。

第四章 幸福的生活

20. 伦理的定义

人类不断地努力认识自己，认识世界，其动因不仅仅是出于向上追求的渴望，还出于自然或者刻意的目的，那就是幸福的生活。但我们单纯获得对事物的认识，是不能直接用于指导现实生活的。因此我们需要把抽象的认识与具体的生活结合起来，形成行为的具体标准和法则。伦理就是这些标准和法则。

伦理，就是将人的认识落地生根，是认识思维对人生选择的影响。

21. 可塑的人性

人性本善还是性本恶，关于这个问题人们一直争论不休。而不管是人性本善还是性本恶，似乎都能从现实中找到具体的行为表现来佐证，同样是刚刚出生不久的孩子，他们不同的行为会分别证明两种观点。

人性不是先天决定的，人类先天并不定性。

但人性似乎又不完全依赖后天的经验，这无法解释人的品性也是会遗传的，甚至有这样的例子，一对双胞胎在不同的家庭长大，成人后却表现出相同的品性来。人性也不完全是后天塑造的。

人性不是先验的，也不是经验的。人先天具有的是形成人性的能力，后天的塑造才形成人性。

但人先天的形成人性的能力不同，趋向善恶的程度也不同，因此后天对人的塑造也不能达到相同的程度。后天自己、他人、环境对人性的塑造只能在一定的范围内进行。这个范围是由先天的形成人性的能力和后天的塑造共同决定的。

先天决定的是人性的上限，后天决定的是人性的下限。一个人即便天生趋向恶的方向，经过善的塑造，即使恶也不会大恶，即使善也很难大善。

后天对人性塑造的方向也是不同的，有的向上塑造，有的向下塑造。如果一个人天生趋向恶的方向，再经过恶的塑造，他的道德水平会无限低下，但向上发展会很有限。后天对人性塑造的方向并不影响先天和后天对范围的决定，但影响个体的范围在整体之中相对的位置和水平。

人性是可以塑造的，但只能在一定范围内塑造。

22. 善恶观

善恶的观念从小便根植于我们的心里，它不断生长，结出果实。善恶是一个广泛的概念，好坏、褒贬、是非、正邪等等，都被包含在其中。善和恶究竟是如何界定的呢？

我们会发现这样的情况：我们所身处的社会为我们界定了善恶，例如道德、习俗和法律。然而有些人服从有些人违背，有些人认同有些人反对，没有人能够完全和完整地认同和服从社会提供的善恶观念。

在我看来，善恶观分为两种，一种是自然的善恶观，一种是社会的善恶观。

　　自然的善恶观是人自然所具有的为了追求幸福
对事物进行分辨的能力。在自然的善恶观当中，与
追求幸福相符合的，就是善的；与追求幸福相冲突的，
就是恶的。

　　社会的善恶观是人类为了追求整个社会的幸福
而形成的规则。社会所追求的幸福，根本上就是社会
当中的每个人都能追求自身的幸福，并且互不干涉。
人类的智慧和力量是有所不同的，追求幸福的能力
以及干涉他人追求幸福的能力便有所不同，有强有
弱。社会的善恶观形成的动因是强者和弱者的区别，
是弱者的悲哀、祈求和反抗，是强者对弱者的同情、
悲悯和博爱。因此社会的善恶观最基本的准则就是：
人类实现欲望是否建立在伤害他人的基础上就是善
与恶的临界点。这是区分善恶最基本的标准，强者没
有伤害弱者，就是善的；强者伤害了弱者，就是恶的。
而完整的社会的善恶观又由此延伸和细化出各种具
体的道德标准。

　　自然的善恶观与社会的善恶观在根本上是不同
的，因为其根源不同。自然的善恶观目的是追求个

人自己的幸福，是利己的；社会的善恶观目的是追求社会全体的幸福，是利他的。

然而恃强凌弱、巧取豪夺，神并不是不闻不问的，人和自然之中是存在着一套天然固定的赏罚机制的，那就是因果报应。我们应该坚信，所有伤害他人的，自己最终也会受到伤害；所有只知道索取的，得到的也终将被收回。利他非但和利己不冲突，反而就是利己本身。利他就是利己。

因此自然的善恶观和社会的善恶观尽管根源不同，但标准是可以相符合的。当二者发生冲突的时候，必有一方背离了追求幸福的道路。

每个人的善恶观都从自然的善恶观开始，受社会的善恶观影响，最终形成指导生活的属于自己的善恶观。但由于人天生形成品性的能力有所区别，每个人自然的善恶观都有所不同，每个人符合社会的善恶观程度都有所不同，因此每个人的善恶观都存在着不同的标准，是相对的而不是绝对的。

但每个人的善恶标准都应该趋同，那就是追求自身幸福的同时成全他人的幸福。

宇宙间存有一种积极的能量，善会让能量聚集在人的身上。人所奉献的越多，身上的能量就越大。这种能量，会让人的生活闪烁夺目的光芒。

23. 善即中间

人生的选择始终还是围绕着善恶观来进行的，上文已经说明了善恶观分为自然的善恶观和社会的善恶观，二者共同形成个人的善恶观。善恶观并不是绝对的，但又不能是完全相对的。善恶是否能有一个抽象的绝对的划分标准，并且这样一来，标准是绝对的，落实到每个人又会产生差异，与上文并不产生冲突。

回到人本身，人介于动物和神之间，是特殊的存在。生命的割裂使人性变得复杂。归根结底，善恶观是自然辩证对人生选择的影响。

　　人先天处于较低的位置，通过后天的努力达到更高的位置，但肉体对精神的限制使得我们达到一定的高度时，反而会向下跌落。因此，恶就是完全的动物性的极端和完全的神性的极端，善则是两个极端的中间。善即中间。

　　人先天同时拥有动物性和神性，这两个极端是自然存在的。动物性是人最基本的属性，人自然而然就接受它的统御；但神性是人精神层面的属性，人需要不断追求才能发挥它的作用。而盲目地向上追求所达成的结果，最终会与最底端交汇。中间并不是从两个极端出发达到的，而是从最底端出发向最高点进发之后又向下克制。中间的核心含义就是追求的同时克制。达到中间而实现的善，不属于那些从一开始就畏缩不前的人，而是属于那些曾经奋勇前进却甘于急流勇退的人。没有智慧和勇敢的人是谈不上道德的。

　　由于追求和克制与人动物的劣根性相悖，人更容易趋向极端而难以达到中间。因此人性的恶总是比善更加强势。

　　当然人是不可能达到绝对的中间的，也就是说没有人能实现绝对的善。但由最中间向上或者向下的程度，可以决定善恶。只要向上或者向下在一定的程度内，就是善的；反之，超出了那个程度，就是恶的。每个人达到的中间，也就是善的程度都是不同的，但都处于同一个范围内。

　　追求和克制，不仅仅体现在个人的人生选择上，还体现在民族国家的发展上，甚至体现在人类对世界的探索上。小到个人的善，大到人类的善，都需要把握程度以接近中间。

24. 人生的三个重要关系

在神给予的限制之下，我们怀抱着追求幸福的希望。但在追求的过程中，肉体和精神的冲突，动物性的我与神性的我的冲突给我们的生活带来诸多矛盾，由此分出是非善恶，有了喜怒哀乐。

在漫长的人生当中，各种事物的复杂关系构成了我们选择的因素。这些关系的核心，是追求和克制的关系。其中有三个关系，是我思虑最多的，也是在我看来最为重要的。

●□　理性与感性

　　理性与感性是构成人类思维方式的主要因素，也为人生选择带来了基本的矛盾。首先需要明确何谓理性何谓感性。理性和感性是两种思维方式，感性直接依赖刺激性的意识做出符合刺激方向的选择，理性则在权衡和判断之后做出能够达到目的结果的选择。

　　感性并不等同于原始的动物性，恰恰相反感性是人最完整的神性的体现，但它直接依赖动物的感官存在，也就务必为肉体服务。感性是精神依附肉体存在的部分，而理性是脱离肉体存在的部分。理性是对感性进行反思和抽象的结果，它单独为人的精神服务，使思想更好的指导生活。人借由理性缩短与神的距离。

　　人类在具备理性之前，是受感性奴役的，也就受原始的动物性奴役。当人类意识到自己是被原始性所驱动时，也就不再仅仅被原始性驱动了。非理性因素开始被认识的时候，理性因素就已经占据了自己的位置。理性，源于对感性的控制。

但是当理性在精神中占据一定位置时，我们将开始强调理性的地位而忽视甚至排斥感性的作用。然而感性是人的基本属性，理性是在感性基础上发挥作用而形成的一种工具属性。理性只是感性的工具，理性不能脱离感性单独存在，更无法发挥作用。

因此，我们在表面上观察到的理性与感性的冲突，并不来源于两者本身的冲突，而是来源于"纯粹理性"与理性的冲突。理性与感性并不矛盾，我们应该在借助理性怀疑并革除感性中违背追求的部分的同时，使理性作为有力的工具接受感性的指挥。

● □　理想与现实

理想是对未来事物的美好想象和希望，现实是真实的即时物。相对于人生来说，理想就是肉体无法实现精神的部分。现实并不依赖理性认识仅需感性认识，而对理想只能依赖理性认识。理性与感性的表面冲突正源于理想对现实的超越，而理性对感性的怀疑和批判决定了理想超出现实的程度。

理想的意义并不体现在它能否被实现上，而是体现在它超出现实的程度上。理想从来不是，或者说不完全是为了成为现实而存在的。理想保持着与现实之间不可企及的差距以敦促我们对未来充满希冀。当理想下降到现实的水平，就会造成现实的停滞不前。因此我们需要保持超出肉体的精神追求，精神上超出肉体的部分不能改变现实，却能提供动力。这种动力，推动人和社会向幸福前进。属于人和社会的理想状态，不是实现理想，而是深入追求理想的过程之中。

理想虽然超越了现实，却又植根于现实。超越本身就是一个相对的概念，意味着超越的主体是依赖超越的对象存在的。理想的存在和价值依赖的就是这种超越性，因此理想的建构需要依赖坚实的现实基础。我们应该在理想和现实之间找到一个合适的位置。

我们应该做一个脚踏现实坚硬土壤却不忘仰望理想天空的人。

●□ 孤独与自由

孤独是一种与他人或社会隔离与疏远的感觉和体验。孤独和寂寞近义，主要来源于无法与人沟通或无法通过沟通来满足自己。

跳过孤独，直接谈自由。自由最基本来说就是人可以不受约束和阻碍地选择和行为。自由是精神的需求而不是肉体的需求，出于肉体对精神的限制，自由并不是现实存在的权利，而是理想的一种。然而自由作为一种理想，并不是一个结果，而是一种状态。人在追求自由的状态中实现自由。

人类从动物性的角度来看，其实是相对简单的存在。但因神给予了人精神，人便有了超越肉体的追寻，人与人之间便有了情感。它们带来复杂和艰难的同时，也带来了爱和渴望。自由，就是对爱和渴望的执着与坚守。但每个人对幸福的定位都有所不同，没有人的爱与渴望是相同的，因此人只能实现自己的自由，也只能在自己中实现自由。

在解释善恶观时我曾把自然的善恶观和社会的善恶观分开，这里也要把原本的自由和政治层面的自由分开。全体的公共自由并不是原本的个人追求的自由，而是一种给予每个人实现自己自由的权利。政治上的自由和个人追求的自由是互相平行的关系。我们最终还是要回到对原本的自由的思索上。

由于每个人追求的自由都是不同的，除非我们完全放弃自然赋予我们的追求自由的权利，每个人之间的沟通和相处一定会遇到阻碍，由此人便会产生孤独感。并且这种孤独感会随着精神趋向自由而不断加深。与此同时孤独也反过来促进自由的发展，而自由又继续催生孤独并让我们理解和接受孤独。因此，尽管孤独是一种消极的情绪，我们仍旧要平和的理解和接受它。孤独和自由其实是相辅相成的。

孤独让人拥有向往崇高的冲动和时间，使其对理性与自由的追求走向更深的程度和水平；而自由给人持续忍受寂寞的理由和希冀，使其对感性和孤独的理解体现更高的价值和能量。

孤独是自由的翼，自由是孤独的光。

25. 真诚是唯一的道路

人性由动物性和神性构成，继而又通过对中间的把握区分善恶。但个人善恶的性质并不是稳定的，二者并不是单独某一方持续占据上风。由此人会有多个自我，有善的自我，有恶的自我。由于恶更容易占上风，往往恶的自我会欺骗善的自我。人擅长自我欺骗。这会导致人即使意识到何谓善，也不会坚持追求善。这种欺骗，会直接阻碍人追求幸福。许多人生活在自己的虚幻之中，更可怕的是还不愿承认这是虚幻。人虽然有多方面的自我，但这些自我最终会归于一个统一的自我。于是当某些自我开始互相欺骗时，人就要不断地欺骗自己，否则整体的自我会分裂开。

想要避免对自己的欺骗，就必须依赖真诚。真诚就是人的多个自我不再相互欺骗，就是对善的自我的坚持。真诚，是超越善恶的品质。

而真诚并不能直接成为深入人心的品质，真诚的前提是明确的善恶观。没有明确的是非观念，就没有能够坚守的东西，也就谈不上真诚。善恶观其实是个人对幸福的定位，没有对幸福的定位，自然无法追求幸福。

在明确善恶观之后，想要坚守善，人要对一切人和事物保持真诚，核心是对自己真诚。借此人才能真正勇于追求和克制，诸如贪婪，嫉妒，虚荣等阻碍我们幸福的东西，才能被封闭在角落里，不出来张牙舞爪。

人想要获得幸福唯一的道路就是对自己真诚。

第五章 教 育

26. 生存、繁衍和教育

　　教育是什么？教育在很多人的心中都是很狭义的，有人觉得把孩子送去学校学习各种知识技能就是教育；有人觉得在家中制定家规家训就是教育。其实这些都不是教育或者说只是教育的一部分。人类通过生存和繁衍来维持种族的延续，但仅仅完成生存和繁衍并不能保证下一代可以持续生存和繁衍，此时就需要把相应的手段传递给下一代。这个行为属于很多物种，但人类社会更加复杂，也有更多更高的需要，由此教育便诞生了，并且随着人类社会的进步不断完善和发展。教育，就是具有主动性地传递追求幸福所需要的认识和实践的过程。

对于人来说，教育的地位和生存、繁衍是等同的。而教育的意义还要高于它们，小到个人的精神财富大到人类文明积淀，都可以通过教育来传递。

我将教育同生存、繁衍放在并列的地位，单独拿出一个小节来叙述，只是为了让大家认识到教育的重要性。我们需要清楚地认识到教育的重要性，才能真正把心血倾注其中。教育所需要的品质，远远超过生存和繁衍所需要的品质。教育需要绝对的智慧、勇气、坚韧和真诚。只有拿出全部的热情和冷静仔细培育，教育才能结出果实。

27. 教育提高社会的短板

教育对于人类来说，是和生存、繁衍相提并论的。但一个完整的教育理念，应该以一个民族，一个国家，一个社会为单位。不仅仅是因为民族国家的差异性，还因为民族与民族之间，国家与国家之间的竞争，竞争的核心就是教育。

教育不仅仅提高个人素质，还提升整个社会的水平。通过教育，能够塑造人的品质。后天的塑造可以决定人性的下限，道德的下限；而后天的培育，还能决定一个人思维水平的下限。教育，可以决定一个人的智慧和道德的底线，从而实现了对全社会的影响。教育能够同时保证智力和品性较高的人不至于沦落，智力和品性较低的人有所进益。当教育是正当而单纯，发挥出应有的效力时，天才不会被浪费，蠢材不成为累赘；善者能受人尊崇，恶人像过街老鼠。

由于社会的本质就是人的本质，社会的短板就是人的品质低劣。教育，恰恰能够提高社会的短板。这就是教育对于一个社会的意义，社会的全部进步都要从教育开始。

社会的一切问题都可以归结为人的问题，想要解决人的问题，唯一的途径就是教育。

一个国家，一个民族想要走向繁荣，首先需要改革和振兴的就是教育。领导人、统治者必须认识到教育无可或缺的重要地位，随之在结合具体国情民情的基础上，理性并且饱含人文关怀地提出方案和规划，并且制定规则和法律。

28. 教育的目的：走上幸福之路

对教育的目的的探索，必须要先于对教育其他方面的探索。一件事情如果不明确目的，便不能确定相应的过程和方法。换句话说，有什么样的目的，就有什么样的过程和结果。

教育起的主要是传递作用，传递的是人满足各个层次需要的手段，因此对教育的目的的探索，可以从人不同层次的需要出发。教育的目的也有不同层次。由低到高：掌握基本的生活技能；习得各个领域的知识；养成思考反思的习惯；具备分析判断的能力；有着高尚的道德情操；心怀远大的理想抱负，等等。这些都是不同层面的教育的目的，但这些显然没有足够的概括性，也就缺乏统一的指导能力。

人类共同的最根本的需要和追求就是达到一个自认为幸福的状态。体现在教育的目的上，需要我们从个人和社会两个方向去思考，我们首先是一个独立的个体，但我们也不能忘记自己是社会的一部分。我们需要在个人和社会的层面上同时实现幸福。

因此教育最基本的目的有两个：塑造具有独立思考判断能力的完整的个人；塑造明确自身权利和义务的合格的公民。教育需要塑造两个层面的人。

为什么说这是教育最基本的目的？一个人只有具备了独立的思考判断能力，才能随之建立自己的世界观，价值观和人生观，才能晓得自己需要掌握哪些能力，具备哪些品质。但一个人，是不能脱离社会和环境单独存在和发展的，健康的生活需要我们融入社会并和他人一起改造社会，我们需要尊重和遵守公共道德与宪法法律，把自身之上的更高价值寄托在他人和社会上实现。这些是人追求幸福的根基所在，是人走向幸福的必由之路。

一个社会的教育如果没有实现这两个目的，那这个社会的教育就丧失了最基本的意义，它就彻头彻尾地失败了。

但仅仅实现了这两个目的还是不够的，因为它们只是手段。教育需要首先明确目的，人生也一样。尽管教育的目的指向追求幸福，但每个人追求的幸福都是有所不同的。如果一个人不明确自己的幸福究竟是什么，究竟在哪，又该如何开始呢，如何为之奋斗呢？这一点如果不能明确，那么人就会在彷徨和疑惑中迷失自我，就会陷入盲目的从众和攀比中去。教育不能直接告诉每个人他的幸福究竟是什么，但教育应该赋予人找寻它的能力。

当前社会的教育并没有赋予人这样的能力，教育的根本目的在当前社会主要表现为竞争。各种形式的教育的目的都集中在如何超越他人，甚至身边的人上。似乎超越了视线可及的一切他人，就实现了人生的最高价值一样。"物竞天择，适者生存"这句话本身是没有错误的，错误在于竞争不是人和人之间无休止的比较，这只会引发嫉妒、怀疑和争斗。

人和人之间由天赋和培育自然而然就会形成差距，人不应该把这种差距本身当成目的。竞争的本质是有强有弱有先有后的属于每个人自己的奋斗，而不是人与人之间的被放大的矛盾。合理的教育应该让每个人都明确自己的幸福并为之奋斗，而不是把幸福寄托在对他人的超越上。教育不能成为公德败坏和阶级压迫的助推器。

教育的根本目的应该是让人找到自己对幸福的定位。

教育的目的理应如此，在塑造个人和公民的基础上，让每个人都找到自己的幸福。并且这样的目的应该固定在每一个社会和每一个时代的教育当中。

29. 教育的参与者

教育的参与者，除了教育者和教育对象之外，还有父母、公共教育人员、教育部门人员等等。其中，教育的主要参与者是教育者和教育对象，但其他参与者也发挥着各自的作用。

世间对两种人的要求最高，一种是立法者，另一种就是教育者。一个合格的教育者不仅仅需要掌握足够的智慧和知识，还需要高洁的品格、坚定的毅力、非常的耐心等等。人类全部优秀的能力和品性，他都需要。完整的教育，简直是需要神明。

教育者应该极尽所能地把自己所具备的优秀的

能力和品性通过有所规划的方式给予教育的对象。这就是教育的内容，因而每一场教育的内容都有所不同。教育的艰辛和漫长还将拿走教育者最好的年华。因此，一个教育者在一生中只能教育一个人。如果他教育的是多个人，甚至是多个群体，那他所施展的教育就不能是完整的、有效的。

教育者和父亲或母亲这两个角色往往是重合的。两个人的教育，常见于家庭教育，在公共教育中基本上是不存在的，因为它过于耗费教育资源。确实会出现公共课程教师这样的例外，他们算是教育的参与者，但在我看来他们并不是完全意义上的教育者，他们在教育中起到的是辅助性和阶段性的作用。

但由于天然的父母对孩子的溺爱和孩子对父母的敬畏，以及人口素质的不平均，家庭教育往往暴露出诸多问题。这个问题有两个解决的方向：一个是加强对父母的培训以提高家庭教育的质量；另一个是增加优秀教师资源将一对一的教育纳入公共教育之中。前者比后者更易实行，但我相信后者取得的效果将优于前者。在人口素质不均的社会，这两种手段可以视不同地域的情况并行。

公共课程教师也必须加强培训和学习，要求和规范。首先作为基本知识和思想的传递者，教师本身对知识的掌握不能出现误差，甚至应该研究出自己的知识体系，人表达和传授出来的知识在量和度上一定低于自己所掌握的。并且教师要塑造高尚的人格，规范自己的言行，以免传递给学生错误的想法和习惯。

教育部门是要有责任感和使命感的，他们所制定的每一个事关教育的政策，都将影响甚至决定民族的未来。教育部门的每一项决策，都不应该由那些远离教育的教育家制定，而应该由那些深入生活的教育者来共同研究和商讨。国家教育政策是如此重要，稍有不慎，相关的人就会成为民族的罪人，历史的罪人。

教育是贯彻每一个人生命始终的事情。一个人无论成长到怎样的年龄，都在接受教育。人的青少年时代作为教育的对象接受教育者的教育，到了中老年阶段，尽管也存在作为教育的对象接受教育的情况，但更多的是表现在作为教育者接受来自教育的对象的教育。教学相长，就是这个道理。

教育者在持续较长的时间段里，接受的最重要的教育是由教育的对象非刻意非主动地完成的，更多的是依赖教育者主动的反省和反思。并且，教育者越多给予教育的对象教育和关怀，他的收获和进步也就越多。

教育是贯及终生的事业，教化他人也在教化自己。

30. 教育旨在脱离传授

教育和学习紧密联系在一起，没有学习就没有教育。但教育和学习的相似之处时常让二者被混为一谈。

事实上，教育和学习是完全不同的两回事，对于教育的对象来说，教育是被动的，而学习是主动的。除此之外，学习是可以脱离教育的。在教育之外，人仍旧可以学习。教育是两个人或者多个人的事情，学习只是一个人的事情。

因此教育绝对不能仅仅为了教育本身，而是为了脱离教育的学习。教育旨在脱离传授。教育只有帮助孩子开启智慧，明确学习的目的，有了学习的动力，养成学习的习惯，才真正达成了教育的目的。

这也是为什么一切直接的灌输和说教都是可笑的，如果孩子永远不能独立学习、思考和判断，那么教育将永远达不成效果。教育者不能妄图将孩子塑造成自己希望的样子，只能让孩子去成为他应该成为的样子。教育者必须有这样的胸怀，教育的对象才是教育的主体而自己不是。

当教育的对象能够脱离教育让智慧和道德增长，教育就迈入了正确的状态。

31. 家庭教育和公共教育

家庭教育和公共教育是教育最主要的方式，并且两者是相辅相成的。

家庭教育是起到根本作用的，家庭教育所带来的潜移默化的熏陶和影响是其他教育无可替代的，基因和习惯的传递将决定下一代基本的素质和品格。也正因如此一个人很难超越或者低于家庭所在的层次，无论是社会阶级还是思想境界。即使外界的其他教育施加了不同的影响，随着时间的推移人也会逐渐向自己的上一代靠拢。在家庭教育中对于父母来说，自身的反省和塑造尤为重要。通俗来说，有什么样的父母，就有什么样的孩子。所以当父母发现了孩子身上的缺陷和错误时，首先应该在相同的方面审视自己，通过言传身教而不是说教去塑造孩子。

合理体制下的公共教育应该传递给被教育者基本的知识、团体协作的能力、对自身权利和义务的了解、对民族和国家责任的肩负，等等。公共教育和家庭教育可以互相补充和促进，比方说在公共教育当中缺少的对孩子等更加细致入微的体察例如作息规律和情绪变化，这些方面在家庭教育中可以得到父母更多的关注；而在家庭教育中孩子没办法深入群体，没有伙伴的影响，就需要加入到公共的学校教育中去。公共教育和家庭教育想要结合起来发挥更立体的作用，需要父母和教师建立起有规律的深入的并且真诚的沟通。理智而有效的沟通，可以同时巩固和发挥家庭教育与公共教育的成果。当父母与教师的沟通不是出自真诚的目的而是充满了欺骗和蒙蔽时，父母和教师在孩子面前的权威将会荡然无存，教育的效果和孩子的品质将受到巨大的冲击。

但是会出现这样的情况，就是公共教育和家庭教育中的一者出现了问题，此时公共教育和家庭教育的方向便无法趋于一致甚至对立起来。在这样的情况下，教师与父母甚至整个社会与家庭之间的互相蒙蔽与斗争就开始了，在这样的情况下，所有教育的参与者都会蒙受损失，或许其中的有些参与者暂时获取了利益，但他们必然会在某个阶段转化为另一个角度的参与者付出相应的代价。然而社会的力量是远远比单独的家庭更加强大的。当家庭教育错误时，很快就会被整个社会的公共教育修正；但是当公共教育错误时，作为教育单元的所有家庭教育都会被挟裹着加入疯狂的洪流。即便有少数的家庭教育在一定程度上坚持了自己的正确，也会因此饱受创伤。因此公共教育体制的建立和完善要尤为慎重，当公共教育出现问题和错误时，这个错误是时代的错误，然而结果却要人来承担。时代终究会复归正确的方向，此时曾经被那股洪流所推动的人，注定会成为新旧时代交替的缝隙中无法找到自己位置的尴尬群体。

　　家庭教育决定了人的根本属性，而公共教育可以创造或者毁灭一个时代。

32. 最基本的是自然教育

在所有的教育方式中，我认为最基本的是自然教育。自然教育是基于生物遗传动力，根据天性培养人以释放其潜在的能量。

自然教育比较普遍的具体表现在对未知的探索和与同龄人一起进行的玩耍上，即阅读和游戏上。

在自然教育当中，只需要以教育对象为主体任凭其自然而然收获他可以收获的。人想要成为人所需要的能力和品质，都可以通过自然教育来获得。其中出现的不足和歪曲，可以通过其他教育方式的辅助来弥补和纠正。但自然教育是基础，任何其他的教育方式都只能起辅助作用而不能决定和扭曲它原本的方向。

人的天性是无法改变的，如果教育违背了天性，那么它甚至不能把人教育成人。

33. 教育的内容

教育的内容就是对人类追求幸福所需的一切条件的传授。

教育的内容可以有很多种分类，比如说传统的德智体美劳。在我看来教育是不能硬性的分类的，教育过程中不同层次、不同目的、不同方向、不同环境的内容是交织在一起的，如果把它们都拆分变成零散的内容，就不能教育出完整的人。

如果一定要把教育分类，我觉得教育可以分成两种：一种是看得见的教育；另一种是看不见的教育。

我们把孩子送进学校，考试得到的分数，口里背出的内容，在各式课外班里学到的琴棋书画，这些都是看得见的教育。但是当教育成为这些各式各样，五花八门的名称时，教育也就被割裂成了不是教育的用于满足其他欲望的事情。这个时候我们得到的，不是一个有所进益的成长的人，而是一个个掌握各种具体技能的工具。一个人在追求幸福的道路上所需要的种种能力与品质，往往是无法命名和量化的，是无法用来比较和炫耀的。我们真正应该从事的教育，是无法用肉眼看见的教育，是没有名字的教育，需要我们发自内心，出自纯粹的目的去思考、践行和探索。

教育的具体内容太过庞大和繁杂了，以至于我需要另一本单独的书来叙述，并且已经有太多伟大的教育家为此著书立说。因此我只针对一些我在当今社会所见到的具体情况和方面谈谈我的看法：

●□ 生存和劳动

在教育孩子时，我们首先要让教育的对象成为一个合格的动物，然后才是一个合格的人。对于动物来说最基本的就是生存，在人类社会中生存主要是通过劳动。为了基本生存而进行的劳动是教育的首要内容。如果让其他的内容凌驾于劳动之上，为了其他的内容忽略或者牺牲了劳动教育，孩子将会丧失生存所需的基本意志。缺乏了生存的基本意志，人便很难获得幸福。

劳动教育在不同的家庭所需要的重视程度是不同的。在穷困的家庭中，会被迫地完成这类教育；而在富裕的家庭中，需要教育者刻意地完成它。并且，富裕的家庭无论怎样施加劳动教育，都不可能比穷困家庭自然而然完成的劳动教育更加深入和有效，因为他们所经历的成长环境和心理压力是不可同日而语的。

因此，尤其是在生活安定而富足的家庭当中，不能忽略劳动教育。诸如担心孩子的人身安全、怕耽误孩子的学习这些是不能成为逃避劳动的理由的。

劳动教育必须固化在所有的教育方式之中。在自然教育当中孩子已经在一定程度上习得了相当的生存技能；在家庭教育中父母应该有意识地把家务劳动划分出合适的部分交给孩子完成并且形成规律和习惯，当然父母本身也必须克服懒惰把生活料理的有条不紊，如果孩子从小到大生活的环境一直是整齐整洁的，那么他在未来即使不出于勤奋而是为了舒适也会主动劳动；在公共教育中，除了设置值日之外还可以把学生带入社会志愿服务中。这样除了锻炼学生的劳动能力之外，还能培养未成年人为社会提供劳动价值的意识，对义务的承担意识。

由于现代社会教育已经发展到了比较高级的程度，对生存和劳动的教育经常是被忽略的。但我们需要时刻牢记，一个人如果没有最基本的生存能力，就等于抛弃了人作为动物的根基。哪怕他取得了再多再高的成就，也连正常的生活都不能进行。

●□ 德育和美育

德育在教育中总是单独进行的，但德育在单独进行时能够施展的手段是非常有限的。直接的说教显然是愚蠢的，剩下的就只有通过人和事物来影响，但这种影响是非常有限的。对于一个人来说，道德不是别人告诉他什么是道德的，而是他自己辨别是非善恶的能力。

因此德育应该和教育的其他内容尤其是美育联系起来进行。我们的教育在美育方面有着巨大的空白，加强美育将成为教育发展和改革的重中之重。

但是很多人在提出加强美育的同时，提出了中国学生的校服非常简陋不合身，同外国学生相比差了很多。在这里我觉得我有必要纠正这个误区。中国学校肥大而简单的校服，其实在很大程度上是为了避免早恋等问题的出现，为了保证学生学习的单纯性。当然这个目的在我看来是十分可笑的，不过恋爱的问题暂且放下，我们到后面再谈。但是校服的粗陋在我看来反而起到了一定的积极作用，它并没有妨碍美育。

美育不是培养对外在美的追求，而是培养对内在美的追求。在我看来孩子在少年时代应该限制衣着装扮，男孩子甚至应该穿得破烂一些，这样不仅仅方便玩耍和清洗，还能把未来成年后对外表的追求限制在合理的程度内。要知道孩子在步入青春期以后出于爱情的萌动对于外貌的要求会呈几何增长。一个人如果过分追求外表，将一事无成。

我们可以通过各类艺术作品和艺术活动来潜移默化地熏陶孩子。

优秀的书籍是美育最行之有效的武器。阅读书籍除了美育之外还起到了很多作用，并且培养起阅读的习惯是需要教育者付出努力的。关于阅读的具体的内容我在下文会谈到。

其他艺术形式，比如音乐、美术等等，也是美育的载体。但艺术主要依赖天赋。孩子如果具备某种艺术的天赋，他自然而然就会显现出相应的兴趣和能力，这需要父母仔细观察后，积极支持和引导。我反对把孩子直接送入各类相关的补课班里，一个人掌握了很多杂乱的自己并不热爱的技能，是没有什么益处的。并且这样的活动，往往会占用孩子玩耍和劳动的时间，这无疑是牺牲了更加宝贵的东西。

美育应该让孩子建立起对真善美的追求。一个追求真善美的人，一定也是一个有道德操守的人。

●□ 阅读和游戏

阅读是教育最重要的环节，没有之一。凭借书籍，我们以最快速最直接的方式站在巨人的肩膀上，进而推动人类社会的进步和发展。阅读能够让真善美成为一种习惯。一切美好的品质，在优秀的书籍中都能找到。

什么样的书籍是优秀的需要教育者仔细地判断和筛选，如果父母没有这样的能力就需要在外界寻求指导和帮助。父母还应该在孩子没有能力自己读书或者尚未养成读书习惯时念书给孩子听，这是必不可少的重要环节，童话、神话和寓言是比较好的选择。除此之外，家里的书籍要多多益善，不存在孩子需要看的时候再购买。就如同孩子有吃的就吃有玩具就玩一样，只有家中存放着大量的书并且摆放在孩子触手可及的地方时，他才有可能拿起来阅读。一个没有书的家庭，孩子喜欢读书是不可能的。

父母自身也需要时常阅读和学习，为孩子树立榜样。家庭中还应该在父母与孩子之间进行一些比赛读书，互相讨论的活动，让读书的气氛在整个家庭弥漫开来。学校的图书馆必须具备相当的藏书量，并且保持整洁、方便和安全，大多数与文化知识相关的科目都应该把作业设置为阅读。

在教育过程中，阅读这件事情在孩子内心深处应该被塑造成和游戏性质相同的事物。只有在这种状态下，阅读才能真正成为一个人不加任何强力规定的习惯，以至于成为贯及一个人终身的追求。此时，阅读才能真正发挥它能够或应该发挥的作用。

但"百无一用是书生"这句话是不乏道理的。一群只会读书的人，可能会成为社会发展的阻碍。阅读的效用，往往在游戏中落地生根、开花结果。

游戏这个词汇在众多教育者心中总是和教育对立起来，事实上游戏是教育中最重要的一环，是进行自然教育最普遍的方式。人的游戏和动物的游戏是相同的。就好像幼狮的互相撕咬在成狮身上表现为捕猎的本领一样，孩童的游戏是成年后必需的生存、劳动、工作等行为的实验和缩影。

通过游戏，孩子会自行发现和掌握各项能力。例如幼儿玩的过家家，其实是对生活环境的创建能力；孩童之间的矛盾打闹，其实是处理人际关系的能力；孩子对虚拟人物事件的模仿，其实是学习能力，等等。小孩游戏的样子，就是他长大后工作的样子。

一个很少游戏甚至不会游戏的孩子，将丧失完整的行为能力。因此教育应该给予孩子足够的空间游戏，甚至在相当长的阶段，教育的主要内容就是游戏。

为什么在这里我要将阅读和游戏衔接在一起呢？因为在我看来，一个人如果在年少时代度过了相当长的时光在阅读和游戏上，他就能具备一个优秀的人所必需的思维能力。孩子最擅长的事情莫过于模仿，模仿的过程就是学习的过程。没有什么方法，能比充足的阅读后将他们放归自然的游戏中，更便于塑造他们的想象力和创造力、执行力和意志力。他们在阅读时无限向往，在沉思时浮想联翩，在游戏中身体力行。

因此，成熟期之前的教育内容，应该集中在阅读和游戏上。教育者需要引导并放任，而这是需要教育者的智慧和坚守的。在这个过程当中，你教育的对象或许看不出任何显著的成绩，但他将成为一个思想丰沛并勇于践行的人。

●□ 体育和竞技

中国当代教育对体育的忽视让人尤为心痛。

体育运动对人类来说至关重要，在现代社会体育的发展已经开始映射一个民族一个国家的综合实力。在教育当中，体育最基本的作用是强身健体，如果体育被忽视了，我们将重回"东亚病夫"的时代。

除此之外，体育还能磨炼人的意志品质，增强人的团队协作能力，培养理性的竞技精神，而体育本身也能成为兴趣爱好，在人的一生中起到调节身心的作用。体育活动确实会引发一些问题和风险，比如学校环境当中体育活动时常会成为矛盾爆发的导火索，尤其是在男生当中。但教育者不能因此限制孩子的体育活动，这从根本上来说是因噎废食。

以体育为首包括音乐、美术等在内的活动，都进而引出了比赛和竞技。和考试排名这样充斥着形式主义和功利主义的行为相比，这些活动的竞技才真正塑造健康的竞技精神。健康的合理的竞争是自我超越、自我反省从而趋向自我完美的过程，你可以超越眼前的某个人，但你永远都不能超过所有人。

家庭教育，尤其是学校教育，要特别塑造这样的竞技精神。盲目的比较和竞争在少年时代或许结不出恶果，但在成年后就会成为社会的毒瘤。

●□ 知识与能力

知识和能力究竟哪个更重要，这个问题的答案很多人都能脱口而出：能力更重要。但当代教育的显著特点就是对知识的灌输而非对能力的培养。知识的传递固然重要，但一个人如果只有知识而没有凌驾于知识之上的能力，那他就连计算机都不如了。我们需要承认，人计算和储存的能力是不及计算机的。

人类作为已知的万物之灵，思维的魅力表现在想象力和创造力上，表现在那些非凡卓越的思想上。

有一个情况是，人类记忆知识并背诵默写出来或许只需要十分钟的时间，但是将高级的思维能力培养起来需要十年甚至更长的时间。由于懒惰和虚荣，人类更容易把时间花费在轻而易举和肉眼可查的事情上。但我们要知道，那些真正比金子还要珍贵的事物是这肉眼凡胎所不可触及的，唯有用心体察。

另外知识的学习，不能在孩子的心智尚未成长到合适的阶段就开始进行。这会阻碍孩子其他能力的形成和培养，使其心智和行为能力不能发育完全。如何判断是否到了合适的阶段，可以通过观察孩子是否主动展现出对知识的渴求。我们可以在此之前把知识的魅力展露给孩子，等待他的求索。

教育需要克制对知识的疯狂攫取，它会占用培养能力与天分的时间和精力。一味地灌输知识，不能把蠢蛋培养成天才，只会把天才祸害成蠢蛋。

●□ 课程和课外

公共教育所开设的课程是必要的。诸如母语文化、数学计算、自然科学和社会科学常识，这些是可以设立成为公共课程的。这一类知识更便于向群体传授，适于在群体内考察，节省了大量的教育资源。

当前教育最大的一个误区，就是把课程当作教育的全部。但事实上，课程以外的内容才是教育最主要最重要的部分。公共课程的设置只是普及了社会文化，政治思想，为大众带去了知识和常识，它一方面是为了节约教育资源，另一方面也是为了让未成年人适应自己的社会群体性。公共课程在教育中起到的仅仅是也只能是辅助作用。一个人的教育如果除了参与公共课程以外什么也没有了，那么就等于他从未接受过教育，这绝不是危言耸听。

除此之外，即便是公共课程，学生也不应该被强迫着以相同的姿势按照顺序坐在教室里听讲。这会让本来美好的事情在他们心中形成丑恶的定式，把学习这样快乐的事情当成是痛苦的事情。而这不仅葬送了他们追求知识和智慧的渴求，还与他们的身体健康背道而驰。想象一下，当一个民族的青少年人，处于身体发育正值活跃的阶段，却不得不在封闭的空间里连续坐着长达几个甚至十几个小时，这样的民族想要变得强大简直是痴人说梦。在条件允许的情况下，教师应该把课堂和学生带去户外，在保证学习效率和人身安全的基础上，应该让他们的身心保持自由。

语言不能脱离文化成为单独的科目，外语更不能成为科目。脱离语言文化环境而进行的学习是没有意义的，那样只能掌握了工具本身，却没有能力真正应用它。但现实的问题是中国人进入欧美国家留学需要首先考取相关语言的证书，这无疑是不合理的。当我们深入国外的生活后自然会以最快的速度掌握其语言，欧美国家这样做的目的是为了限制中国人前往国外学习他们的知识和文化。想解决这个问题，只有依赖政治的强大，才能打破教育的民族壁垒。

课外的部分如我前文所说，内容综合而庞杂，但最显现的，主要集中在阅读和游戏上。另外一个相对残酷的事实我在前文已经提及，公共课程以外的教育内容，一个教育者只能对应一个对象。而在前文我也提出了相应的解决办法。

●□ 考试和排名

我坚持这样的论调，即考试和名次非但不是衡量教育的手段，甚至不属于教育。

首先我要提出对于排名无情的批判，考试或许是必要的，但排名是绝对愚蠢的。尤其是在学校、班级内部进行的排名更加可笑，当前社会的很多学校和班级居然还会根据排名安排座位。这是对教育的扭曲，对人性的摧残！排名的本质，是人功利、虚荣、嫉妒、欺辱等最低劣品质的外化。排名会使教育的目的邪恶，少年的人格堕落。名次在别人的前面或者后面，并不能决定你是一个怎样的人，甚至不能决定你是不是一个合格的人。排名会给予一些人愚蠢的自信，再把另一些人的自信摧毁掉。正确的教育应该让孩子懂得，一个人的自信心，不是来自于和他人的比较，而是源自于自己的强大和进步。

考试的存在确实有其必要性和合理性，尤其是在中国这样十数亿人口的泱泱大国。考试并不是教育的一部分，而是对教育成果的考察，对人才的选拔和筛选。能够在教育完成后，把每一个人输送到社会需要的合适他的位置上，就是考试的目的。公正的考试，能够确保教育的成果不被人类的劣根性所窃取。

但是应该由正确的教育指挥考试，而不是用错误的考试指挥教育。由于考试是教育的结果的集中显现，人们更容易关注考试超过关注教育。考试与就业的紧密联系，更容易让教育者丧失理智。因此，考试对教育的反作用是无可避免的。

这个问题的解决需要从考试的内容入手，应该不断调整考试的内容，使其在不影响指导就业的前提下，对教育施加的反作用归向积极的一面。这样的调整在不同的国家、民族和社会都会因为不同的具体情况而不同，并且要随着社会的变化发展不断做出调整。在调整至合理的过程中产生的错误，将会毁掉一代人甚至几代人的教育。

●□ 定位和择业

择业和就业是教育成果在社会中的直接体现。

年轻人在选择职业时，应该选择那些最能为他人做出贡献而不是谋求自身利益的工作。一个人选择的事业境界越高，他能收获的幸福就越多。一个选择为全人类奋斗终生的人，或许听起来很高调，但他一定感受到了别人所不能体会的充实和愉悦。在理想的社会中，人应该把自己定位在利他而不是利己的角色上，那些听起来高调的事情应该成为每个人都勇于追求和选择的高尚的事情。

这样的理想和信念需要通过教育在人的少年时代就扎根于脑海。只有教育的境界提升了，人的境界才会提升，社会的境界才会提升，人类的境界才会提升。很多教育者自己就把追名逐利当作唯一的价值追求，他们会把相同的价值观传递给少年人们，这样传递下去，形成丑恶价值观的恶性循环。在一个社会中如果人谈论理想和奉献会感到羞愧，那这个社会就距离分崩离析为期不远了。一个人只获取自身的利益，最终只能得到空虚；只有那些发挥了自身价值的人，才拥有收获幸福的权利。

但出于天赋的差异，即使接受了相同的优秀的教育，被教育者也会表现出不同方向不同程度的才能。但这并不意味着他们在地位和人格上有了高低之分。一个完整的社会每个优秀的人都能找到需要他的位置。有些人有着更健壮的体魄，有些人有着更聪明的头脑；有些人更擅长理性思维，有些人更擅长感性思维；有些人更偏向于特殊的道路，有些人更适合从事平凡的工作。并不是只有那些被宣传歌颂、载入史册的人，才是优秀的人。

因此在教育当中，教育者尤其是父母，要理智地判断和观察孩子的能力和天赋，找准他的定位，切忌和他人盲目地攀比，更不能把自己的理想和目标强加在儿女身上。而年轻人也要时刻明确自己的定位，不要比较而陷入嫉妒和自卑，骄傲和自负，要让坚持不懈的追求和勇于担当的责任成为自信的来源。不正确的定位将会造成高不成低不就，难有作为。有一个典型的现象值得提出，出于炫耀而不是欢聚目的的各种聚会应该被杜绝。

●□ 金钱和消费

对待金钱的态度是教育必须传达的，这将影响价值观的塑造。教育中对待金钱的态度必须是淡泊的，尤其在社会经济高速发展的时期，拜金主义更易盛行。把理财的能力和赚钱的不易传递给孩子是必要的，否则孩子会缺乏生存的基本斗志，无法继承和打理上一代留下的财产。但与此同时必须把握好程度，要让孩子意识到劳动价值比货币的囤积更有意义，要让孩子不以金钱为目的和追求。

教育者在教育过程中绝对不能吐露对金钱的崇拜，不能列举那些获得名利的例子，那会让孩子把获得金钱当作成功。除此之外，父母切忌以金钱为条件和酬劳督促孩子的学习和劳动，他们今天习惯了为金钱而从事自己并不情愿的事情，他们在成年后将会为了金钱出卖更加宝贵的事物。对金钱的教育如果不得当，社会很容易进入"笑贫不笑娼"的状态。

消费观是值得在教育中仔细考量的，消费观将影响生活的舒适程度。消费必须坚持量入为出的原则，既不能任意挥霍如同纨绔子弟，也不能一毛不拔像个守财奴、吝啬鬼。

　　我个人对父母从小实施贫穷教育持反对态度。很多自以为聪明的父母主张"狠"的教育，向孩子传达"要花钱自己去挣，我们的不是你的"的意思，目的是加强孩子的独立生存能力。但效果往往是过度的，孩子将在成年后把金钱放在一切之上，甚至放在父母的亲情之上。有无数老人因此受到了儿女的欺骗和压榨，他们对待其他人则会做出更加可怕的事情。

　　金钱观和消费观主要依赖家庭的熏陶。金钱的教育应该润物细无声，不刻意强调，但却施加效果。应该以身教为主，在孩子懂事之后辅以说教。金钱这个字眼，在整个教育的过程中都应该绝少提及。金钱是诱惑的毒药，一经露头就能牵动人的视线。

●□ 性、爱情和婚姻

　　中国由于古代的文化沿袭，即便是流入了现代对于性的研究成果，对性的教育也极度匮乏。但人类对性爱的好奇和需求是无法抑制和更改的。结果就是他们会通过淫秽文化自行了解和接触，但他们仅仅是知道了何谓性，却不知道如何对待性，才是健康和安全的。

性教育迫切的需要提上日程，我们需要把性摆在明面上，而不是逃避它。教育对于许多敏感的问题，越是逃避，越容易造成问题。我们需要在学校设立相关的课程，在家庭中父母也应该直截了当地与孩子沟通，尤其是在青春期发育的阶段。我们需要树立起孩子对待性的健康的态度，告诉他们性能够引发的需要他们和家庭承担的结果，告诉他们如何保证自己的安全。

除此之外，一个社会对待性爱的歧变，需要保持客观的态度。一切自然孕育的事物，都有其存在的权利和意义。同性恋、恋物癖等性爱的歧变，对于其中损害他人的部分，我们要施以帮助和纠正；对于其中没有损害他人的部分，我们不能歧视、侮辱和欺压。

在性爱的基础上，人类诞生了美好的爱情。教育者对待孩子的爱情，切不可慌乱。爱情是一个年轻人必须经历的事情，它美好而苦涩，带来蜕变和成长。中国的中小学教育出现了一个可笑的词汇，就是"早恋"。恋爱就是恋爱，无所谓早恋。没有应该在具体某个时刻的爱情，只有随着年龄增长自然而然萌发的爱情。爱情与人其他行为之间的冲突，是人必然要经受的磨砺。学生时代的恋爱影响学习，成年人的爱情同样影响事业，难道我们不恋爱不结婚了吗？教育是不能对爱情强加干涉的，即使它影响了其他方面的进行。扭曲和阻断生命自然的进程，只会酿成苦果。

我们只需要告知他们所需要承担的事情，不让早期的爱情引发他们这个年龄所无法承担的后果就行了。除此之外，父母可以把自己爱情的经验以委婉的方式教给孩子。我初次恋爱的时候，母亲写给我一封信，现在再看里面的内容觉得无比睿智。

父母对子女恋爱的态度不一定是完全支持的，但决不能是完全反对的。没有任何外界的力量可以真正压制年轻人对性爱的动力。强行的干涉只能换来孩子表面上的顺从和习惯性的欺骗。当子女隐瞒了真正愚蠢的决定时，就会造成无法挽回的后果，甚至带来一生的不幸。

　　婚姻的选择要尤为慎重。应该让年轻人明白这样的道理，婚姻的成功并不依赖感情上的绞尽脑汁，而是依赖努力的奋斗和真诚的付出。一个本身优秀的人，自然就会找到理想的配偶。父母想要向孩子传递健康的婚姻观念，首先要经营好自己的婚姻，错误的观念和行为会对下一代造成巨大的影响和阴影。破碎家庭长大的孩子，婚姻也更容易走向不幸。除此之外，年轻人在择偶时应当理智地采纳父母的建议，因为热恋中的人是疯狂的，但父母一定最关心你的婚姻并保持旁观者的理智。父母会把子女的婚姻视为养育使命的交接。

　　如何判断配偶是否合适，其实只有一个方法，那就是不拿婚姻与其他事物交换。随着两个人相处的更加深入，你一定能确定对方的素质和品格以及是否真的适合自己。如果在对方素质低下，品行低劣，并不适合自己的情况下，你还选择他作为自己的另一半，那只能说明你为了名利等其他的事物出卖了感情。这样的行为，无疑是把灵魂出卖给了魔鬼。婚姻的不幸，往往出自于功利和愚蠢，而不是实质的矛盾。越是在物欲横流的年代，父母越应该时刻提醒孩子这一点。

婚姻的幸福和事业的稳定标志着教育阶段性的胜利。

以上就是我能想到的教育的内容。我们无法教育出完人，可如果我们教育的对象努力趋向完人，教育便成功了。我们便实现了教育最初的目的，让人走上了幸福之路。

第六章　对环境的探索

34. 人类的地位

　　人类相对于自然，相对于世界的地位，一直是一个值得商榷的话题。人类在对环境进行探索时，经常会迷失自己的定位。人类时而自轻自贱，时而自高自大。

　　人类在生存和繁衍的过程中不仅适应着，也认识着、改造着世界。人类的确是万物之灵，在已知当中，人类在短暂的历史中完成了其他地球上的物种所不能完成的数不尽的创举。人类能认识到自己以上的更高的维度，具备反思和抽象的能力。最重要的是，我们有渴望和选择。人类确实有自信和骄傲的资本。

　　然而人类随着社会的进步，会在知识和成就中麻痹自己，高估自己的地位。我们所认识的，究竟有多少是正确的？我们所创造的，又有多少正在加速我们的灭亡？人类的认识能力和行为能力都是有限的。人类生来就身带枷锁，无法挣脱时空的囚笼。因此和浩瀚的宇宙相比，和时间的长河相比，人类太过渺小了。

　　人类的地位终究是卑微的。但人类不能因渺小而自卑，也不能在幻想中自负。这些都只会让人更加卑微。人类会因此陷入精神的囚笼之中，失去真正的自由和尊严。人类的高贵在于渺小却不失力量。我们首先要承认自己的渺小，才能实现自己的伟大。

35. 自然环境与人为环境

人在认识自己的同时，也对自身之外的事物进行探索。而我们周围的事物构成了我们生存的空间，这个空间影响着我们，指导着我们，禁锢着我们，这就是环境。

人类环境一般被分为自然环境和社会环境。自然环境通常指我们周边的地理环境，就是指围绕着我们人类存在的自然界。其中包括大气、水、土壤和生物等等；社会环境是指人类在自然环境的基础上，出于超越生存本身之上的目的，建立的人工环境。其中包括农村和城市等等。

但事实上，人类社会已经发展到了人类所创造的环境反过来控制人类的阶段。因此环境也应该有新的划分方法。

环境可以分为自然环境和人为环境。这里的自然环境和人为环境并不同于以往所说的自然环境和社会环境。

由于人类本身就是自然的产物，因此不管是天然存在的，还是人类所塑造的，都是自然而然出现的，都是顺应自然规律的。我把它们统称为自然环境只不过此"自然"非彼"自然"罢了。除了大自然里的一草一木，人类建造的高楼大厦也一样属于自然环境。

但人类在自然环境中生存和创造时，会感受到环境的禁锢，还会有人试图用自己构建的环境禁锢他人。人类打不破环境的牢笼，也没有哪些人类可以真的给人类戴上枷锁。这个时候，人类最擅长的欺骗就开始了。每个人都欺骗着自己，也欺骗着别人，整个人类欺骗着自己。有时我们知道眼前的都是虚假的，但我们依旧自我欺骗着，并且继续循环的欺骗。

欺骗也欺骗着欺骗。我们所欺骗的会构成一个新的环境，我把它称为人为环境。

人为为伪，人弗为佛。人类同时生存在自然环境和人为环境之中，有自然环境的地方就有人为环境。人为环境如同迷雾一般漂浮在自然环境之上，人类通过精神给世界施加了屏障。我们无时无刻不生活在自然环境之中，可我们若想看清它的面目，需要凭借内心的真诚和坚守洞穿人为环境，要心怀意志穿过那层层迷雾。

36. 由货币和契约构成的体制

我们每个人都生活在人类社会之中。人类最重要的特点之一就是社会性，若是脱离了社会，我们也就不再是人类了。因此，我们最常思索和探寻的，恰恰是社会环境。

人类就和其他动物一样，为了生存进行群体生活。然而我们的能力和需求超过了一般的动物，为了和劳动的发展相适应，人类的群体关系越来越广泛和密切，最终形成了社会。而在社会中又发展出政治、经济等各个领域。人类社会的政治、经济形态在数千年内不断更迭。从原始社会发展至今，氏族部落变成了国家政权，自给自足变成了货币流通，我们的生活也从食不果腹、衣不遮体变为了今天的舒适、体面。

　　但时至今日，我们住在高楼大厦中，坐在飞驰的汽车里，穿着做工越来越考究的衣装，吃着做法越来越复杂的食物。我们确实感受到了前人未曾感受到的物质享受，我们的精神世界也在不断朝着更高的位置迈进。或许人类社会的历史是不断重演的，但由人类的神性，人的创造力所诞生的事物，在不断地进步着。尽管如此，我们却感受到了过去不曾有过的压迫和痛苦。我们时常萌生这样的想法，为何我们的社会发展了，我们却没有感受到相应的幸福？

　　人类通过自身文明的发展，消灭了作为动物赤裸裸的撕咬和争夺。我们看上去确实更加安全了，也更加富足了。我们走在大街上，除非发生了战争，否则没有人能不承担任何罪责地迎面杀死我们；我们手里攥着钞票，只要没有爆发金融危机，它们就可以用来购买任何东西。然而我们在这样的环境当中，没有人能伤害我们，我们却时刻诚惶诚恐；区区几张钞票，我们却为之神魂颠倒。有什么东西，悄无声息地剥夺了我们的尊严和自由。

　　这是因为人类比动物更狡诈。人类有一种劣根性，那是属于动物的劣根性，是贪婪和欺侮的欲望。就如同野兽的互相撕咬一样，人类会互相倾轧。尽管人类的神性的理智告诉自己这种倾轧是不健康的，但他们无法违背和控制作为动物的本性。但人类凭借超越动物的智慧，找到了并非赤裸裸、血淋淋的方法。人类用契约代替了刀枪，用货币代替了鞭子。人类学会了不再付出鲜血，就能实现自己丑恶的目的。他们避免了风险，也减少了反抗。

　　人类最根本的行为是劳动，控制了人的劳动，也就控制了人的价值。劳动具有相当特殊的含义，并不是所有的付出血汗的行为都是劳动。譬如剥削阶级在进行剥削时，同样付出了自己的智力和体力，但那并不是劳动。除了自身最基本的生存劳动之外，只有对自身以外做出贡献的行为才是劳动。凭借劳动之外的任何手段获得他人劳动的价值，都是可耻的。货币简而言之是一般等价物，是人交换劳动产品的工具。在我看来，货币本身是没有价值的，只有一些附属价值。货币是劳动价值交换的产物。货币的真正价值在于劳动价值，而不在于它自身的价值。然而货币作为一种诱人的符号，会吸引那些妄图不劳而获的人前赴后继。大多数人都希望只获取货币而不付出劳动，也就是仅仅拿取别人的劳动价值。当有少数人通过劳动以外的其他卑劣手段将他人的劳动价值敛聚在自己手中时，他们就有了利用他人欲望的能力，也就有了操控他人劳动的能力。其他大多数人为了换回本该属于自己的劳动价值，就需要付出比原本更多的劳动。

对劳动价值的控制会造成社会权力的不平衡，此时，统治者发现了契约这个远比枪杆子有效的武器。

契约最初建立的目的，或许是高尚的。是为了保证先天智力和体力都不相同的人们，可以在社会中保持人格的平等。政治就是治理社会和维持统治的行为。政治的本质就是平衡。统治者和人民之间的平衡、统治者之间的平衡、人民之间的平衡，是所有人和群体之间的平衡。平衡的目的是减少斗争增加妥协。由于契约是根据全体公民的意愿制定的，而人类最大的意愿其实是趋利避害。人类是宁愿远离正确的方向也不肯遭受任何风险和麻烦的。于是有人通过契约利用了人的天性，契约表现为法律和道德、习俗，深入我们的生活，控制我们的生活。我们身在契约之中，或不知其存在，或不觉其压迫，或无力反抗，或不愿反抗。

就这样，人类主动的或者被动的，用货币和契约建立起社会的体制。人类社会的的确确发展和进步了，但人类却遭受了超越自然的不幸。

而更可怕的事情发生了，由货币和契约构成的体制，逐渐凝结成独立于人类之上的体制。这个体制是一部分人创造用来倾轧另一部分人的，然而在这个体制当中，无人不被倾轧。人类活动产生的事物反过来成了统治人本身的异己力量。异化的根源依旧是人性。与其说是体制在控制我们，不如说是人性在控制我们，是我们自己在控制自己。

这里要特别提出，贫富差距，并不是阶级压迫酿成的恶果。贫穷的原因从来都是客观的而非主观的。贫穷不能成为反抗阶级压迫的动因。阶级压迫形成的体制带给人类最大的伤害，并不是部分人的贫穷，而是全人类的自我异化。因此，对体制的反抗，不是某个阶级的任务，而是全人类的使命。如果将这个使命交于某个特定的阶级，将会引发新的专政，走向新形势的阶级压迫，形成新的体制。

社会所具有的凌驾于我们之上的体制，由于它源于人的劣根性，它往往更顺应人的贪欲而违背人的灵魂。在这样的社会中，人越多满足自己的物质需要，就要越多地出卖自己的灵魂。体制的社会对人的控制，会增强人生命的割裂。

自然世界给我们带上天生的枷锁，但恰恰因为如此我们享受到了真正的自由。然而人类却住进了新的看不见的牢笼，自己剥夺了自己天赋的自由。

对于这个问题我也思考良久，终于我在黑暗中搜寻到了隐隐约约的光明。是马克思、卢梭这些伟大的思想家伸出他们坚实的臂膀，将我托举到空中，凭借他们的力量我似乎触及到了更高的地方。马克思揭露了资本的秘密，试图将全世界无产阶级从压迫中解放出来。而我想揭露的，是人类社会的秘密，我想把人类从看不见的牢笼里解救出来。或许我终其一生都不能做到，但就目前而言，我开始了，我迈出了坚定的步伐。

37. 乌托邦：人类劣根性不可革除

社会的性质究竟是什么？换言之，驱动社会不断发展和崩溃的，不断走向光明和黑暗的，究竟是什么？这个问题的答案，决定了人类社会战争、革命的动机和目的。

社会前进的方向是由政治、经济、文化等某个领域决定的吗？社会的发展源于经济的发展？我认为都不是。

社会是人类为了更高的物质和精神追求而聚集在一起形成的群体和聚落。随着人类不断更新的需要，社会的形式也随之不断变化。社会的一切组成部分，都是由人性而起，因人性而灭。那些理智的、抽象的事物，都是受人性所驱动。

人类群体对饥饿和性爱等肉体的基本需要是共同的，而是否形成理性以及理性的程度是不同的，因此人类社会总体而言是受原始性所驱动的。

社会的性质就是人的性质。

人类社会常见的改革和革命，都是为了革除社会中有违人追求幸福的部分。但社会中人们常常判断为邪恶的部分，都源自于人类的劣根性。我们曾经追求过的理想的社会体制，是在奢求社会变得高尚起来，就是在幻想人类的品格是完全高尚的。但这也仅仅只是幻想。

社会的矛盾，其实是人性的矛盾，是人的理性与劣根性的矛盾。人类的劣根性是无法被革除的，一切纯粹理性的国度都只是乌托邦。

第七章　信仰如风

38. 信仰之问

一谈到信仰，有些人觉得神圣，有些人觉得可笑。可信仰究竟是什么，又有多少人能说得清楚。

信仰为何？

中国的汉语词典，把信仰解释为对某种思想或宗教及对某人某物的信奉敬仰，把他们作为自己行为的准则或榜样。这真的是信仰吗？我觉得不是。信仰并不是我们肉眼可见，触手可及的东西。

我们参拜于一尊古佛之前，让我们不敢直视的伟岸光辉，并不是那座雕塑本身发出的；我们身处一座教堂之中，我们内心感受到的虔诚圣洁，也并不来自于高贵典雅的建筑。

信仰，不是具体的哪一个宗教，也不是哪一位伟大人物。它是一种虚无缥缈的精神力量。可是总有个标准，可以定义信仰的界限。

那些对神的参拜和索取，不是信仰；那些能因为现实条件改变的，不是信仰。信仰，就是人自始至终坚信不疑并可以为之付出生命的东西。

那些人类作为动物的原动力，不是信仰；那些对未来的希望和憧憬，也不是信仰。信仰是没有结果的。或许信仰引领的拼搏能结出果实，但信仰本身不能。信仰不是求索，而是坚守。

信仰如风。

信仰是像风一样的东西，它漂浮在我们看不到的广袤天空，无影无形。

我们伸出手触摸不到它，却能感受到它。

我们看不清它的模样，却能听到它掠过耳边的声音。

我们追着风声，找到奔跑的方向。

它虚无缥缈，却有推动一切的坚实力量。

当信仰的风扑面而来，我们会洒下血泪，扇动翅膀。

39. 信仰之寻

信仰不是生来就有的，需要我们终其一生去寻找。

我们身处在残酷的生活中，有时信仰露出了踪迹，我们想追上去的时候，生存的苦难和欲望的诱惑伸手扯住了我们，想把我们扯回时间的深渊里去。盖在信仰上的东西太多了，我们的手挖着挖着，就没了气力。很多时候，我们还没找到信仰，时光就都被偷走了。

或许某些时候我们觉得自己找到了信仰，可以为之奉献全部的能量。然而渐渐地我们看清楚它的真面目，才发觉自己本来坚信的东西是错误的甚至是丑恶的。这个时候信念破灭了。有些人因此放弃了生命的热忱，向平庸做出了妥协。

又或许某些时候我们被某些听起来、看起来十分有价值的东西所吸引，我们因此陷入了狂热。那并不是信仰，但我们精神褴褛地毫无倦意地疯狂求索着。然而当生命走到了尽头时，我们却因一无所获而开始感到空虚。

哪里能找到信仰呢？

我们无法在自身以外的任何地方找到信仰。无论是对世界的探索，还是在事物上寻找寄托，都不能为我们带来信仰。我们只有感受到自己心中超人的力量，那是神性的力量，它要求我们在世俗凡尘中寻找真、善、美。这就是信仰。

当我们迷茫时，有一个声音叫我们身无择行，这个声音就是信仰；当我们怯懦时，有一个火种点燃我们的勇气，这个火种就是信仰；当我们疲倦时，有一股风带着我们飞翔，这股风就是信仰。这个声音，这个火种，这股风，不来自任何别处，只源于心灵。

信仰这股风，就是人类将自己的超人精神高举
到空中。

40. 信仰的衰微

不知道从什么时候开始，信仰这股风变得微弱。

在很多国家和民族，宗教信仰成了战争的工具和导火索。信仰在很多统治者、利益者的利用之下，变成了不再是信仰而是别的极端的东西；还有一些宗教，因为本身衍化出的统治性被人类识破了，地位一落千丈。

而在我身边，人们甚至不屑于谈信仰了，当某个人在人群中谈起信仰，人们非但不会觉得高尚，反而会露出鄙夷。在自然科学和社会科学的不断发展中，信仰，尤其是信仰最普遍的表现形式——宗教，开始和迷信混为一谈。哲学甚至将信仰定义为对缺乏足够证据的、不能说服每一个理性人的事物的固执信任。这句话看似客观，我却在其中感受到了哲学对信仰的强烈敌视。

人类的认识虽然不断发展但终究有限制，往往需要我们坚信的，都是没有证据的事物。盲目的怀疑，对证据疯狂的无意义的寻找，恰恰是另一种固执。所谓的科学，似乎已经成了最大的迷信。人类为了标榜自己无与伦比的智慧，拒绝了对一切事物的坚信。

然而对于整个社会、整个民族甚至整个人类而言，少数人所发现的真理是他们无法理解和接受的。其结果就是，这些自作聪明的人拿走了人类的信仰，却没有能力给予他们新的信仰。

至此，信仰衰微了。

信仰的衰微，会让人丧失最基本的敬畏。敬畏是人类控制欲望最有效的手段。没了敬畏，也就没了道德，没了自由和尊严。信仰的缺失会让一个民族失去基本的素质和气节，这会使它丢掉其他民族的尊重。人类的自我异化已经成为人类斗争的主要矛盾，人类不断创造着那些反过来控制自身的东西。自我异化的根源是人无法抑制的劣根性，真正能够抑制劣根性的，从来都不是我们自己，而是超越我们之上的信仰。丢掉了信仰，人类就是丢掉了战胜自我异化唯一的武器。

41. 重返具象的世界

让信仰重回人们的内心，是人类社会的当务之急。科学和哲学或许能够为某些特定的人群带来信仰，但并不能为全人类带来信仰。

人类的认识活动一直进行着，可真的想要保持认识的有效性，我们需要将思维的结果重新代入生活。人的认识活动应该坚持这样的过程：在具体的生活中得到抽象的原理，而我们需要将抽象的原理重新代入具体的生活。

宗教的创立者是心怀博爱的哲学家、思想家。他们在无数个苦思冥想的夜晚，参悟了自然的规律，人类的本性，但他们清楚地明白，如果直接将这些抽象的道理告知人们，人们是不会理解和相信的。至少大多数人并没有如他们一样的深度和境界。为了把这些真理带给生存于苦难中的大众，他们把这些原理寄寓在了人物和故事之中，把自然之上的某种超人存在描述成了栩栩如生的形象，把自然法则说成是神的训诫。事实表明这是有效的，至少对于大多数人类来说，具体的的和自己形象接近的神，比抽象的哲学原理更容易接受。

而现如今，我们是否应该考虑把哲学重新带回宗教，让真理真正成为信仰。哲学的宗教化，只会给人类带来福荫，并不会让人类变得愚蠢。更何况，无论我们具备多么优越的思维能力，生命原初的迷茫与困惑都不能因此烟消云散。或许承认在自己之上有更高级的无法认识的存在，并不会阻碍人追寻和探索的脚步，并不会让人类丧失了自己作为万物之灵的高贵。

或许，人类社会的宗教信仰也陷入了诞生和毁灭的循环之中。随着人类认识的深度和广度，原有的宗教信仰必然会被打破；而灵魂无处安放的人类，则会凭借智慧和博爱，根据人类精神发展的程度，重塑新的宗教信仰。由此，宗教信仰的层次将会随着人类社会的进步而不断提高。

　　至少在目前，哲学家、思想家应该具有这样的胸怀和博爱。我们必须将精神的成果有效地分享给每一个人，让信仰的风拂过每一个彷徨的面孔。我们应该压制自己的探索和批判，克制自己的贪婪和虚荣，让抽象的真理回到具象的世界。

　　我们必须重返具象的世界，把神归还给普罗众生。

后记

一多月的时间里，头上多了些白发，让我知道自己不再是个少年人了。其中我回顾自己的过去，有些部分勾起了我的孤独和痛苦。但伴着写作的进行，我的精神世界更加完整和丰满。这本书终于完成了，其中的愉悦和心酸只有我自己明白。我非常清楚自己的笔下都出现了些什么，随着它的完成，我可以充满信心地告诉自己，从这一刻开始，不管我将因此收获什么，我已经成为一个对社会有用的人。

这本书中不免有一些令我自己感到激动的地方，我按捺着自己的情绪，让自己能够冷静地理智地把工作进行下去。尽管如此在教育这一章里我还是没能完全控制自己的激动，由此它的篇幅达到了整本书的三分之一。但回过头来看，发现这一章里还囊括了其他方方面面的内容。这或许不无道理，没有什么比教育更能改变人的命运。

在这里我需要重申我在"理想的教育体制"那一节中的观点，我不会在意我这本书影响到了哪些人的利益，没有任何力量能阻止我表达自己内心最真诚的想法。我更不会顺从时代的需求去书写那些我并不想书写的文字，我并不害怕我的书得不到他人的认可，我不害怕我自己得不到他人的认可，我更不在意我写东西是否能换来利益和好处。真诚的信念，或许得不到时代的承认，但一定会得到时间的赞颂。

出于这样真诚的信念，在写作中的一些欲望和规划都被我去除了。我几乎没有提及或创造任何生僻的概念，我竭尽所能用最自然最普通的词句来表达含义，我必须尽量减少我的作品和读者之间不必要的障碍。

但与此同时对于很多抽象的词语和句子，我并没有过多解释它们的意思。我很少用更多的话来解释一句话。或许那些晦涩的作家是想证明自己的观点是站得住脚的。可在我看来，根据之后还有根据，这样的追根溯源的没有尽头也没有必要的。我并不认为用更多的概念和逻辑来为观点找根据能让人更加理解它，这只能让人把主要精力都放在逻辑体系上，结果就是形式大于内容。对于作者和读者都是如此。更何况我并没有存着让读者能够完全理解我的作品的想法，没有谁能真正理解谁的文字。我的目的并不是让别人理解我，而是为了让他们更好地理解自己的生命。除此之外，如果这本书的每个读者都能从中汲取到不同的养分，这不是一件很令人愉悦的事情吗。

我在书中方方面面的观点都和许多大家有了相似之处甚至重合起来，但我可以完全地肯定这本书中的每一个观点每一个洞见都是我自己的而不是别人的。当人对世界的认识到达一定的程度时，必然会趋于相同。

其实在写完头两章的时候，我的脑海里就闪现出了更为抽象的东西。我意识到我可以在现在的基础上继续对思维本身进行抽象，或许那样我就可以真正建立起自己的哲学体系。但我放弃了。这并不是因为我没有能力做这件事情，而是我理智的选择。或许对于这世上的大众来说，过于抽象的知识并不能给他们带去幸福的指引。

或许那些思想家应该把深化和完善学术体系的时间节省下来，去寻求合理的方式让真理具有普世价值。就我个人而言，我似乎已经隐约看到了我未来将要从事的工作。

我在整本书中几乎没怎么引用过别人的话。但在此我要借用马克思的一段话："如果一个人只为自己劳动，他也许能够成为著名的学者、大哲人、卓越诗人，然而他永远不能成为完美无疵的伟大人物。如果我们选择了最能为人类福利而劳动的职业，那么，重担就不能把我们压倒，因为这是为大家而献身；那时我们所感到的就不是可怜的、有限的、自私的乐趣，我们的幸福将属于千百万人，我们的事业将默默地、但是永恒发挥作用地存在下去，面对我们的骨灰，高尚的人们将洒下热泪。"

　　我写作，不是为了自己，而是为了他人；不是为了让自己闪耀光芒，而是为了把光明带给所有人。我不是想成为文学家、哲学家、思想家以至于任何家，我只是一个追求真善美并分享它们的年轻人。我只是这样一个年轻人。